세상과 은둔 사이

세상과 은둔 사이

벽장 안팎에서 쓴 글들

김대현 지음

오월의봄

책 한 권을 시작하는 것이 얼마나 어려운 일인지 알고 있다. 눈앞에 놓인 책을 몇 주째 펼치지 않는 때가 있다. 저 책으로 헤집힐 내 세계를 둘러싼 추도의 시간이 그만큼 걸린다. 그걸 알면서도 뉘게 책 하나를 또 들이미는 면구스러움을 앞둔 처지다. 세상의 반복되는 모순은 때로 글 하나를 진득이 숙독할 여유가 없기에 유지된다. 딱 5분간 눈앞의 낯설고 싫은 상대의 예쁨을 보려는 노력이 때론 생명을 구한다는 엘리엇 페이지의 말처럼. 그럼에도 그 일은 결코 간단하지 않다. 들여다보고 싶지 않은 마음과 그래도 보아야만 하는 당위 사이, 그 무섭고 따가운 자리에 내가 있고 이 책의 글들이 있다.

이 책은 2016년부터 2020년까지 한국게이인권운동단체 친구사이 소식지팀에 있으면서 소식지에 연재한 칼럼들을 묶은 것이다. 칼럼을 구상하던 시기는 2015년 서울퀴어문화축제의 서울시청 광장 개최가 성사되면서, 퀴어를 모르던 사람들에게도 성소수자의 존재가 널리 알려지던 때였다. 이전에 썼던 소식지의 글들이 '터울'이라는 필명을 내걸고 첫 단행본으로 출간되었지만, 성소수자가 광장에 나왔다는 것은 한 사람의 커밍아웃의 무게를 훌쩍 넘는 것이었다. 한번 광장에 나온 성소수자들은 광장에 있는 다른 주체들을 비롯해 광장에 나오지 않은 성소수자와도 어떻게 관계 맺고 있는지를 설명해야 할 과제를 일제히 부여받은 듯했다.

이후 5년간 있었던 일들은 대부분 광장의 성소수자와 광장의 다른 이들과의 관계를 입증하라는 질문의 연속이었다. 당장 답이 나올 리도 만무하고 어느 한쪽에 입증책임이 돌려질 수도 없건만, 광장에 나온 성소수자들은 그 모든 것들을 한 번에 설명해내라는 유무언의 압력에 시달렸고, 그 설명은 성소수자를 모르는 일반인뿐만 아니라 성소수자 사이에서도 강하게 요구되었다. 그 설명에 내몰리는 공포와, 그 노역을 스스로에게 납득시키고 달래가던 과정이 이 글들을 만들었다. 이 책의 글들은 성소수자로서 내 경험과 정체성이 어떤 의미이고, 그것이 다른 존재와 어떻게 연결되었으며, 그걸 내가 얼마나 들여다보기 싫어하고 무서워했는지를 써 내린 기록이다.

무언가 더 알고 싶지 않다는, 그만 '짜져' 있고 싶다는 욕망은 달콤하다. 내가 게이라는 것을 내 삶을 통해 진지하게 사고하지 않던 '은둔' 시절을 지나 비로소 게이로 정체화하고 커밍아웃한 채 남 앞에 서는 일도 그새 잦아졌지만, 내 안의 '짜져' 있고 싶다는 욕망을 대할 때 나는 그 '은둔'의 상태가 여전히 극복되지 않은 과제라는 것을 알았다. 커밍아웃은 한 방에 따는 자격증이 아니라 일생에 걸친 과정이라는 말이 체감되는 순간이었다. 나아가 커밍아웃을 하기 싫어 안 하는 것이 아니듯, '은둔'과 커밍아웃의 조건은 온전히 선택해서 만들어지는 것이 아니었다. 사회니 구조니 하는 덩치 큰 것들의 책임을 애써 묻지 않을 때 모든 책임이 소수자 개인의 짐으로 둔갑하는 일은 언제나 비감하고도 친숙한 광경이었다.

게이의 위치에서 출발한 체험이 그런 식으로 세상과 아프게 연결되어 있다는 것을 새삼 절감하는 날들이 많았다. 그럴 때마다 이미 거기에 작동 중인 그 연결된 모양새를 쳐다보지 않고 골방에 처박히고 싶은 생각이 복받쳤다. 그 마음을 달래고 또 달래는 과정 가운데 문장이 자라나고 자료를 보는 눈이 생겨났다.

소식지 칼럼이 연재되던 당시의 표제는 '은둔 사이의 터울'과 '세상 사이의 터울'이었다. 과연 '세상'이 무엇이고 '은둔'이 무엇인지는 사람마다 정의가 다를 것이다. 또 '은둔'은커녕 성소수자가 어떤 사람들인지, 내 주위에 그런 사람들이 과연 있기는 한지 의심스러운 일반인들도 있을 것이고, 그래도 주위에 퀴어 지인 한 명쯤은 있고 그들의 삶이 어떻고 그들 가운데 무슨 논의가 오가는지 자못 궁금한 사람들도 있을 것이다. 마찬가지로 성소수자 당사자들 안에서도 커뮤니티의 문화가 낯선 '은둔'이 있고, 커뮤니티에서 어느새 모르는 사람이 없게 된 '역대'(얼굴이 널리 알려진 게이)가 있다. 또한 이들 가운데에는 퀴어 이슈를 비롯해 그것이 무엇과 연결되어 있는지 잘 모르거나 알기 두려워하는 사람이 있겠고, 그 모든 이슈에 어느새 문리가 트이거나 해박해진 사람도 있을 것이다. 이 책은 이들 모두에게 말을 걸기 위한 목적으로 쓰였다. 나 또한 그중 어느 한쪽에 속하는 사람이기보다 그 모든 부분들이 조금씩 내 안에 있고, 내 안에서도 종종 그 둘이 서로를 겨루기 때문이다.

이 책의 글은 심중을 다룬 산문 반, 자료를 다룬 설명문 반으로 구성되었다. 첫 연재를 묶어 수필집을 내고, 이후 논문의 자료로 활용한 각주 잔뜩 붙은 두 번째 연재를 끝낸 후에 생각한 구성이었다. 애써 쓴 글이 사적인 감상에만 머무르지도, 사실의 장황한 나열에 그치지도 않게 하려고 고안한 형식이었다. 그렇게 근 5년간 글을 써오면서 느낀 바는 논문 한 편에 쓰이는 공력과 수필 한 편에 들이는 공력이 의외로 별반 차이가 없다는 것이었다. 글을 쓸 때마다 내 삶에 작동하는 사실의 힘과 서사의 힘을 번갈아 느낄 때가 많았다. 심중을 기록한 글과 자료를 정리한 글이 적어도 내게는 서로 동등한 무게였고, 나아가 이 책을 읽는 독자들도 각 글들을 각자의 무게로 음미해주었으면 하는 바람이 있다.

또한 글을 쓰면서 느낀 것은 문장이 위로할 수 있는 것이 있고 문장으로 위로받아서는 안 되는 것이 있으며, 자료가 해낼 수 있는 것이 있고 자료를 들이미는 것으로는 도달할 수 없는 세계가 있다는 것이다. 글을 쓸 때마다 그 두 가지가 서로 맞닿고 부딪치는 경계를 지키고 그 의미를 사유하기 위해 매번 애썼다. 그와 별개로 독자에게는 취향에 따라 서로 성격이 다른 단락 중 어느 한쪽을 챙겨 읽는 것도 유용한 독서 요령이 될 것이다.

거창한 것들을 이야기했지만, 여기에 실은 글들은 결국 나 자신을 위해 쓴 것이기도 하다. 문장과 문장 사이란 그냥 이어지는 것이 아니어서, 글을 써 내릴 때 어떤 것이 부당하고 어떤 것이 직면할 과제이며, 내가 무엇을 외면했고 무엇을 더 사고해야 하는지, 그것들이 글을 통해 드러나고 정련되는 그 모든 글쓰기의 과정에서 나는 많은 것을 얻었다. 더구나 어떤 큰 의제가 있을 때 그 의제와 내 일상의 간극을 메우는 일은 주로 나의 몫이었고, 중요한 것들을 내게 설득하고 내 체감의 범주로 채우는 과정에서 역시 글쓰기에 큰 빛을 졌다.

특히 코로나19 집단감염 시국에 몇 안되는 적확한 위로 또한 이 글들에서 얻었다는 것을 밝혀두고 싶다. 모든 것이 운이고 팔자요, 인간이 인간 같지 않게 취급되는 이 험난한 시국에 거의 유일하게 위로가 되었던 것은 그런 현재를 겪는 내 상태를 낱낱이 기술하고, 이 모든 사태를 분별하는 데 도움을 줄 과거와 현재의 자료에 골몰하여 그것을 정리하는 일이었다. 그리고 그 모든 과정은 나 역시 여느 인간일 수 있다는 고요하고 새로운 이해에 도달하기 위한 몸부림이기도 했다.

내 글을 읽고 '은둔'을 풀었다는 사람을 만났을 때 가장 보람찼다. 이 책을 읽고 그런 변화를 경험한 독자를 만날 수 있다면 더한 바람이 없겠다. 변변찮은 글편을 매번 지면에 허락해준 한국게이인권운동단체 친구사이와 소식지팀원들에게 감사의 말을 전한다. 안팎으로 견문을 넓혀준 역사문제연구소 인권위원회, 반성매매인권행동 이룸의 이루머분들에게도 감사드린다. 더불어 《DUIRO》에 기고한 글의 전재를 허락해준 APURO PRESS와 햇빛서점 관계자분들, 특히 지금은 하늘에 있을 더즌 님에게 안부 전하고 싶다. 끝으로 6년간 잊지 못할 연애를 선사해준 석이에게 각별한 인사를 건넨다. 이 책이 앞으로 무진장 생산될 한국 성소수자 관련 문헌에 한 서지로 당당히 기록되기를 바란다.

2021년 8월, 청파동에서

김대현

차례

1 부 ——

은둔 사이의 세상

자신을 죽인다는 것은

1

나는 서른 살에 게이 커뮤니티에 데뷔했다. 데뷔라 함은 보통 내가 게이라는 데 어느 정도 마음을 굳히고 그를 바탕으로 사람을 만나는 것을 의미한다. 남자에 끌린다는 걸 알게 된 것은 훨씬 옛날이지만, 긴 세월 동안 나는 내가 게이임을 확신하지 못한 채 어중간한 상태로 나를 놓아두었다. 내가 어중간했으므로 어중간한 관계들이 오며 가며 했고, 나는 무엇으로도 정해지지 않았으므로 성애에 얽힌 어떤 확신도 불가능했다. 그런 상태를 나는 '은둔'이라 부른다.

그렇게 무언가 핵심이 정해지지 않은 채 부유했던 세월은 이제 와 대개 어둡게 기억되고, 남들에게 이야기하기에 부끄러운 무엇이다. 따라서 그런 어두운 세월을 지나 게이로 정체화하고 난 후 지금의 찬란한 내가 되었다는, 그럴싸한 자기성장의 서사로 그 시절을 재빨리 봉합하고 싶어진다. 그러나 지난 은둔 시절의 일들을 부드럽고 아름다운 이야기로 싸안지 못할 때가 있고, 여기서는 그 일들에 대해 말해볼까 한다. 자칫 이야기 중에 연루될 내 슬픔이 다른 누군가의 기쁨과 즐거움을 공연히 입 다물게 할까 두렵다. 생각건대 이 두려움 또한 은둔 시절에 생긴

고약한 병증이다.

2

많은 은둔들은 사실 별문제 없이 잘 산다. 나도 그러했다. 성정
체성을 폐절하고 산다는 게 당장에 무슨 티가 나는 것은 아니다.
1990년대 이전 이 땅의 호모⁺들이 그랬듯이 다 사는 방법이 있
고, 그것 자체가 삶의 양식이 되기도 한다. 성정체성 말고도 사
람은 자신의 많은 것들을 모른 척할 수 있다. 인간의 몸과 머리
는 영악해서 결정적인 부분에 문 닫고도 그것들을 우회해서 의
미를 부여하고 합리화하며, 이내는 그것이 처음부터 친숙했던
것처럼 만들 수 있다.

　　가령 골칫거리인 어떤 섹슈얼리티가 있다. 가끔 남자를 달
라고 울부짖는다. 나는 이 성애의 욕망과 내 사회적 인격을 연결
시킬 방법이 없다. 그럼 따로 떨어뜨려 각각의 방식대로 삶을 영
위하면 된다. 둘 사이의 관계가 섞이지 않도록. 삶과 급진적으로
떨어진 섹슈얼리티만큼 뿌리 없이 낭만적인 것이 있을까. 누가
나를 단죄하겠는가. 이미 스스로 그렇게 마음먹은 바를 남이 어
쩌기는 힘들다.

⁺　'호모'란 남성 동성애자를 가리키는 유서 깊은 비칭이며, 당사자가 아닌 사람이
　게이를 가리켜 '호모'라 부르는 것은 혐오발언에 해당한다. 다만 게이 당사자가
　스스로를 가리켜 부르는 경우 앞서 언급한 혐오발언의 맥락이 성립하지 않기에
　본문에서는 작은따옴표를 두르지 않고 사용했다.

그러나 그렇게 호방하게 갈라놓은 삶과 섹슈얼리티 사이, 그 평온한 질서 속에 무언가 비어 있다는 것을, 머리는 몰라도 마음은 알아챈다. 사실 은둔은 상시적인 불편을 감수하는 일이기도 하다. 흠씬 느껴지지 않는 것들에 반쯤 적응하는 척하고, 확 불타오르는 어떤 마음을 매번 접어야 하는 까닭이다. 그리고 그 불편을 감수하는 나의 외양은 언제나 평온하고 멀쩡해야 한다. 왜냐하면 스스로 그렇게 약속했기 때문이다. 그럼에도 그 안팎의 평온함과 불편함이 반응해, 가끔씩은 스스로가 닦아놓은 사회적 자아의 세팅을 여지없이 무너뜨린다. 누구 하나 그렇게 참으라 시킨 적 없건만, 애써 참아온 마음이 그간의 견적서를 들이미는 때가 오는 것이다.

누구 하나 그렇게 하라 시키지 않았으므로, 위기에 처한 내 상태는 고스란히 내 문제가 된다. 은둔이 겪는 내면의 문제는 대부분 남에게 자초지종을 설명하기가 쉽지 않다. 어디서부터 이야기할지 아득해지기 때문이다. 진심의 논리는 어렵고 평온함의 논리는 쉬우므로, 평온함을 뚫고 제 존재를 주장하는 저 진심의 회로가 무엇인지는 나도 모른다. 그때 느껴지는 고립감이란 엄청나다. 이런 감정을 남에게 알리는 것이란 참으로 대책 없는 일이다. 아니, 이런 슬픔을 누구도 알지 못했으면 좋겠다.

그렇게 안으로 고인 집념은 쉽게 바깥으로 뻗어나가기도 한다. 저렇게 기쁘게 아무 티 없이 즐거운 사람들은 어째서 저렇게 즐거운가. 저렇게 아무 데서나 서로의 애정을 확인하는 저자들은 대체 무엇인가. 내 진심이 이렇게 불가해하고 함부로 다뤄지는데, 저자들의 저 진심은 어째서 그렇게도 당연하고 중요한가. 내가 내 성애를 폐절했으므로 너 또한 폐절하는 것이 좋겠다. 내가 갖지 못한 저 시퍼런 진심들이 저잣거리에 돌아다니는 것이 불쾌하다. 내가 즐겁지 못하므로 너도 즐겁지 않았으면 좋겠다.

안으로 고였던 썩은 마음과 밖으로 뻗쳤던 턱없는 광기는 어떤 흔적을 남긴다. 이십 대를 그렇게 보내고 데뷔를 하여 지금은 짐짓 쾌적한 삶을 누리고 있지만, 저런 방식으로 움직였던 마음의 회로엔 관성이 있어 나는 지금도 시시때때로 나를 방치하고, 그 방치한 내가 나도 모르는 사이에 나를 찢고 나온다. 한번 망가진 내면은 한번 망가진 세계처럼 좀체 복구되지 못한다. 진실로, 자신을 죽이는 것은 세계를 죽이는 것과 같다.

3

2016년 6월 12일, 성소수자들이 드나드는 클럽 펄스Pulse에서 한 청년이 자동소총을 난사했다.[1] 그의 이름은 오마르 마틴Omar Mateen이었다. 그는 응용범죄학을 배우고 20세에 보안회사에 취직했으며, 미국 경찰이 되는 것이 꿈이었다. 22세에 한 여성과 결혼했고, 처음에는 문제가 없었으나 점점 부인에게 폭력을 행사했다. 24세에 아내와 이혼했고, 이후 종교에 깊이 빠져들었다.[2]

26세쯤부터 그는 플로리다 올랜도의 게이클럽에 드나들었다. 구석진 곳에서 혼자 술을 마셨고, 취하면 몹시 시끄럽게 주사를 부렸다. 그가 게이 데이팅앱으로 다른 게이를 만났다는 소문도 돌았다.[3] 그 이듬해, 그는 마이애미에서 한 게이 커플이 키스를 나누는 장면을 보고 크게 화를 냈다.[4]

범행 당일 그는 클럽 안에서 음악으로 오인될 첫 번째 총탄을 발사했다. 클럽 안이 피바다가 되어서야, 사람들은 아까의 총성이 음악이 아님을 알았다.[5] 사람들은 도망치듯 화장실로 달려가 숨었고, 따라 달려간 그는 화장실에 숨어 있던 31명의 사람들 중 살아남은 단 1명을 제외한 모든 사람을 끌어내 죽였다. 그 1명의 생존자 증언에 따르면, 그는 사람들에게 총을 쏠 때 미소를 지었고, 총에 맞아 쓰러진 사람에게 또 총을 쏘았다.[6]

그에게는 세 살 난 자식이 있었고, 전처가 아닌 다른 동거인 여성이 있었다.[7] 그의 아버지는 그의 범행에 대해, 동성애는 신께서 직접 단죄하실 일이지 자기 아들과 같은 신의 하인이 할 일은 아니었다고 촌평했다.[8] 게이클럽을 드나든 그가 게이였다는 소문이 있다고 말하는 기자에게 그의 아버지는 "사실이 아니다, 만약 내 아들이 게이였다면 왜 그런 일을 했겠는가"라고 대답했다.[9] 더불어 사건을 수사한 FBI도 그가 게이라는 항간의 설에 대해 회의적인 입장을 밝혔다.[10]

경찰에 따르면, 학살 후 3시간에 걸친 인질극에서 오마르 마틴은 차분하고 고요한 모습이었다. 사살 명령을 받은 무장경찰이 클럽 벽을 부수었고, 이윽고 그가 쏘았던 탄환이 그의 몸 위로 뒤얽혔다.[11] 그의 죽음은 한동안 그가 죽인 성소수자들과 함께 사망자 수로 집계되었고,[12] FBI는 테러 사망자 수에서 그의 목숨을 제외해 공식 발표했다.[13] 그의 나이 29세의 일이다.[14]

4

사건이 일어난 지 하루 만인 2016년 6월 13일 월요일 저녁, 홍대 입구역 3번 출구 앞 경의선숲길공원에서 미국 올랜도 LGBT 클럽 총격사건 희생자를 추모하는 촛불문화제가 개최되었다. 이 날의 추모행사는 행동하는성소수자인권연대 활동가이자 올랜도 태생인 티머시 깃즌Timothy Gitzen의 제안으로 기획되었다. 그는 제안서에서 "이 사건으로 인해 좌절감을 느끼고, 애통해하며, 오늘날까지 성소수자들이 범죄의 대상이 된다는 것에 분노한 피해자와 생존자들, 친구들과 가족들, 올랜도 시의 사람들, 그리고 미국 및 전 세계의 퀴어들과 그들의 공동체에게 조의를 표"한다고 언급했다.[15] 촛불문화제의 추모공연 중 한 순서로 노래를 찾는 사람들의 〈맹인 부부 가수〉가 불리었는데, 정호승의 시를 원용한 곡의 가사 중 일부는 다음과 같다. "사랑할 수 없는 것 사랑하기 위하여, 용서받지 못할 것 용서하기 위하여."

3일 후인 6월 16일, 행동하는성소수자인권연대 웹진 《랑》은 미국심리학회 내 성소수자 관련 심리학 연구회의 일원인 심리학자 글렌다 러셀Glenda Russell의 글을 번역 게재했다. 이 글은 올랜도 참사 후 이틀 만인 6월 14일, 이 사건으로 인해 심리적 피해에 노출되기 쉬운 성소수자 당사자들을 위해 작성되었다. 그녀는 이 글에서 올랜도 참사를 명백한 "혐오범죄이자 테러행위"라규정하고, "혐오범죄는 직접 영향을 받는 개인 또는 개인들뿐만 아니라, 그 개인들이 속한 공동체를 피해자로 만든다"고 지적했다. 또한 이러한 비극에 맞서 "공동체로서 전진하며 만들어온 힘을 불러 모으는 것"의 중요성을 강조했으며, 그에 도움이 되는 일로 다음 네 가지 활동을 제안했다. "1)'운동적 관점'을 구축하세요, 2)무언가를 하세요, 3)지지자[Allies]에게 관심을 가지세요, 4) 떠돌아다니는 우리 공동체에 대한 부정적인 메시지들을 주시하세요."[16]

그 주 금요일인 6월 17일 저녁, 같은 장소인 경의선숲길공원에서 성소수자차별반대 무지개행동과 함께하는 두 번째 추모행사인 'LIFEPULSE: 서울-올랜도 연대 촛불문화제'가 개최되었다. 이날의 추모공연 중 한 순서로 LGBT 클럽 르퀸[Le Queen]의 공연팀들이 무대에 섰고, 이들이 함께 운영하던 게이클럽 루킹스타[Looking-Star]의 SNS에는 추모행사 참여를 독려하는 공지가 올라왔다. 공연팀 크루 중 한 사람인 차세빈은 "사고를 당한 클럽도 공연하는 클럽"이었다고 들었는데, "만약에 올랜도 그 사건이 우리나라였고 만약에 르퀸 클럽이었으면 어땠을까" 생각했으며, 그간 숱한 무대에 서보았지만 그날의 무대는 "많은 느낌과 많은 감정이" 한꺼번에 몰아닥쳐 "진이 다 빠질" 지경이었다고 술회했다. 그날 밤 르퀸 입구에는 추모제 때 배부된 피켓과 더불어 추모제에 참석한 사람들이 쓴 메모들이 전시되었다.[17]

오래된 피해

1

성소수자에게 피해란 무엇일까. 별안간 머리가 아득해지는 기분이 든다. 물론 퀴어들이 피해에 대해 한번 언급하기 시작하면 천일야화를 써도 모자랄 것이다. 그런데 피해라는 화두는 당사자에게 종종 낯설고, 심지어는 물정 모르는 짓으로 비춰진다. 내가 왜 굳이 내 피해를 말해야 돼? 그걸 꼭 피해라고 해야 알아듣니? 그렇게 눈치가 없어서야 겸상이라도 하고 싶겠어? 모르긴 해도 대충 이런 심정이지 않을까 싶다.

내가 입은 피해를 내 입으로 이야기하는 일은 대개 자존심 상한다. 내가 입은 피해 외에 나에겐 다양한 면모가 있고, 때로는 그것들이 삶에서 더 중요할 수 있고, 또는 그리되었으면 한다. 그러니 네가 입은 피해를 구태여 말하라는 소리가 때론 얼마나 죽기보다 싫은지 알아주는 사람들과 함께 있고 싶다. 알아서 눈치껏 좀 알아듣는 사람들 말이다. 존재가 운동이란 것이 따지고 보면 얼마나 황망하고 슬픈지, 하나하나 내 입으로 설명 안 해도 되는 사람들이랑 같이 있고 싶다.

누군가에게 게이 인생은 결국 '노난' 팔자로 여겨질지 모르겠다. 성소수자 중에서도 시스젠더이고 남자이니 어디 가서 입만 다물고 있으면 상대적으로 무사히 취직도 하고 잘 먹고 잘살 것이고, 남자끼리 섹스를 하든 말든 거기에 무슨 피해씩이나 있겠냐는 소리를 듣는 때가 있다. 뭐 그 말이 사실이든 아니든 겉으로라도 팔자 펴 보인다면 꼭 나쁠 것도 없다. 오해받는 거야 하루이틀 일도 아니고, 차라리 속 편한 쪽으로 오해받는 편이 딴에는 윗길이니까. 더구나 요즘처럼 이렇게 만인이 앞다투어 피해자이고 싶어 하는 세상에서.

물론 누군가의 나날이 그렇듯이 그 정도로는 괜찮지 않은 날이 온다. 억울함이 목구멍까지 차올라 유난히 견딜 수가 없는 날이 있다. 그때 그는 아무도 없는 골방에 홀로 들어가 여태껏 겪은 피해를 낱낱이 세어본다. 처음 남자를 좋아했을 때, 그 사실에 그토록 힘겨워했던 것은 피해다. 나와 같은 게이가 모여 있는 업소와 지역에 들르기가 그토록 망설여졌던 것이 피해다. 혹여 나를 들킬까 두려워, 설령 들키더라도 나에게 위해가 덜할 수 있게 내 꿈을 스스로 좁혀온 것이 피해다. 게이업소 몇몇 곳이 익숙해진 다음에는 이 넓은 조선 천지에 유독 거기 들어가 있어야 마음이 편해지던 그 느낌이 바로 피해다. 그렇게 만난 게이들 중 하나가 어느 날 유명을 달리했을 때, 빈소에서 영문도 모르는 가족들 앞에서 고인에 대해 한마디도 떠들 수 없던 바로 그 순간이 피해다.

그것들을 하나하나 곱씹고 있으면 별안간 밥맛이 떨어지고 살맛이 나지 않기 시작한다. 그러므로 피해를 피해라 부르지 않는 마음은 너무나 일리 있는 것이다. 사람들이 피해를 몰라서가 아니라, 사려 깊으니까 그걸 구태여 자주 입에 올리지 않는 것이다. 아니까 조금이라도 잊고 싶은 것이고, 아니까 그 피해에 싸 먹히지 않도록, 그 피해 바깥의 삶이 저마다 튼튼하기를 아무쪼록 바라 마지않는 것이다.

사람 싸먹기 좋은 숱한 피해들 가운데 과연 으뜸은, 이 모든 것을 이리 태어나고 자란 내 탓 내 팔자라 여기는 습관이다. 나에게서 왔는지 남에게서 왔는지 몰라도, 세상 천지가 다 정상인데 나만 유별난 탓으로 이 모든 걸 공연히 겪고 있다는 생각은 성소수자의 마음에 새삼스럽지도 않게 찾아오는 오래된 괴물이다. 만약 세상천지가 다 티 없는 정상이었으면, 여태 내가 보고 겪은 것들은 다 무엇이란 말인가. 결국은 내 눈이 잘못되었던 거구나. 세상은 그렇지 않은데, 내 눈이 뭔가를 잘못 보고 내 몸이 뭔가를 잘못 느끼고 내 머리가 뭔가를 잘못 이해하고, 결국은 그렇게 됐던 거구나.

그렇게 내가 입은 피해 하나가 사라질 때, 어둠 속에서 그 광경을 보고 통쾌히 웃는 것들이 있다. 내가 안되기를 바라는 것들. 내가 내 피해도 모르고 살기를 바라는 것들. 내가 이름 없는 고통 속에 영원히 머물기를 오매불망 바라는 것들.

살다 보면 참으로 눈치 없게도 피해를 피해라 불러야 하는 날이 있다. 언젠가는 사려 깊게 피해라 말하길 삼갔듯이, 언젠가는 사려 깊게 피해를 말해야만 하는 날이 있다. 다만 다른 누군가가 아니라 우리가 그렇게 하고 싶을 때, 우리가 입은 피해를 바라보고 그 피해를 우리의 힘으로 사유하고 논쟁하는 것이 필요할 때가 있다. 그건 어디 무슨 드높은 대의여서가 아니라, 어디까지나 우리의 앞날을 위해 필요한 노역이고 무릅씀이다. 성소수자로 살아가는 프라이드와 성소수자로 겪은 피해에 대한 공론은 서로 양자택일이 아니고,[1] 그것 모두가 실은 한 뿌리에서 나온 것이기 때문이다.

2

"성소수자에게 자신의 정체성을 드러내는 커밍아웃coming out은 자신의 성정체성을 바탕으로 "안정된 자아 정체성"을 갖고 "자신의 현실을 직시"하면서 성소수자로서의 삶을 구체적으로 계획하기 위한 일이다.[2] 이는 동성애자를 비롯한 성소수자를 "비정상", 혹은 "서구문화의 쓰레기"로 보거나[3] "내 눈에만 띄지 않았으면 좋겠다"고 여기는 "차별과 배제"의 시선을 극복하고,[4] 성소수자 스스로 주체적인 형태의 삶과 자긍심을 갖는 출발점이 된다.[5] 자신이 성소수자인 사실을 "영원히 감출 수는 없"고, 그것을 감추는 과정에서 오는 "스트레스"는 당사자의 신체적·정신적 "건강을 해칠 수 있"기에,[6] 커밍아웃은 성소수자 당사자들의 자긍심을 위해 권장되는 행위이자 성소수자 인권운동의 운동적 규범으로 자리잡았다. 이에 1993년에서 1996년 초창기 한국의 성소수자 인권운동은 커밍아웃을 핵심적인 운동 전략으로 활용

하였다.[7]

한편으로 커밍아웃은 단순히 성소수자가 "자신을 드러내는" "개인적인 차원의 일"이 아니라, 성소수자에 대한 "사회적인 분위기를 형성하고 변화시키"려는 활동이다.[8] 따라서 "성소수자에 대한 차별이 심한 사회"일수록 커밍아웃의 과정은 "험난"해진다.[9] 많은 성소수자들은 종종 "벽장문을 열고 나가서 만나게 되는 공포보다", "벽장 안에서 숨이 막혀 답답하게 지내는 것"을 선택하며 "커밍아웃을 주저"한다.[10] '벽장closet'이란 성소수자들이 자신의 성적 지향, 성별 정체성을 숨기는 상태를 비유하는 말이지만,[11] 그 "벽장"은 애초에 "숨고자 하는 동성애자"가 스스로 만든 것이 아니라, 이 사회의 "강제적 이성애라는 제도가 만들"고 성소수자 당사자들을 그곳으로 몰아넣은 것이다.[12] 나아가 성소수자들의 용기 있는 커밍아웃에도 불구하고, 사회는 이들에 대해 "제도화된 무시"를 전시함으로써 성소수자에 대한 "제도적으로 고착화된 억압"을 유지해나가는 경향이 있다.[13]

성소수자에 대한 사회의 "제도적"인 "억압"은 그 역사가 뿌리 깊다. 과거 성소수자를 직접적으로 처벌하는 형사법이 존재했던 영미권에서는 당사자에 대한 사법 당국의 검거와 구금을 비롯하여,[14] 가해자 개인이 당사자를 살해하고 신체를 훼손하는 등의 혐오범죄가 잇따랐다.[15] 「군형법」을 제외하고는 당사자에 대한 직접적인 처벌법이 없었던 한국의 경우는 경찰의 넓은 재량권과 「경범죄처벌법」 등을 활용하여 개인과 업소를 단속하는 과정에서 당사자들에게 물리적 폭력이 행사되었다.[16] 더불어 오늘날 성소수자에 해당되는 비규범적 성애·성별 실천의 당사자들은 주로 개인의 성적 타락, 즉 '윤락 淪落'을 감행한 자로 이해되었고, 실제로 당사자들 중에는 성산업에 직간접적으로 종사하는 사람들이 많았다.[17] 간혹 이들에 대한 검거가 기사화될 때, 언론은 당사자들의 외양과 성정체성을 가십거리로 소개하였고, 오늘날의 기준으로 이는 당사자의 의사와 무관하게 성정체성이 알려지는 아우팅outing에 해당되었다.[18]

비규범적 성애·성별 실천은 오랜 기간 비정상으로 취급되었기 때문에, 그것의 수행 또한 주로 비정상적인 사람이나 비정상적인 환경에 의한 것으로 해석되었다. 즉 범죄자들이 수용된 교도소에서 벌어지는 성적 일탈이거나, 범죄의 원인이 되는 개인의 성적 특질로 이해된 것이다.[19] 더불어 1990년대 이전까지 비규범적 성애·성별 실천은 국제 기준에서 정신질환으로 자리매김되었고, 자연히 이러한 성적 실천은 당대에 과학적으로 병리화되어 정신질환 증상의 예로 기록되었다.[20] 여기에 더해 한국에서는 이들에 대한 이중의 비가시화가 진행되었는데, 한국의 성문화가 "가족 중심, 생식 지상의 테두리 안에 제한"된 까닭에 한국에는 애초에 '성도착증'이 드물다는 학술적 주장이 제기되었다.[21] 실제로 한국의 많은 성소수자들이 이성애 결혼 등 강제적 이성애의 압력에 시달린 것은 사실이지만,[22] 동성애를 비롯한 '성도착증'이 애초에 드물다는 학술적 견해는 한동안 '성도착증'의 한국적 특징으로 학계와 일반 사회에 널리 인용되었다.[23]

현재의 성소수자 커뮤니티와 퀴어문화에는 이러한 과거로

부터의 낙인과 그로부터 살아남기 위해 당사자들이 분투했던 흔적이 묻어 있다. 성소수자 커뮤니티가 자신의 모든 것을 일거에 광장에 내놓지 않는 까닭은 그간의 "억압의 역사와 맥락이 음미되지 않은 채 이곳이 광장으로 바뀌"지 않도록 하기 위함이다. 이성애 사회의 제도적 억압이 과거부터 지금까지 성소수자들을 어떻게 특정 상황에 몰아넣어왔는가를 묻지 않을 때, 그것은 당사자의 커밍아웃을 넘어 "성소수자의 역사"와 존재가 지워지는 일과 같기 때문이다.[24]

끝으로 페미니스트 이론가 도나 해러웨이Donna J. Haraway는 구조적 "지배"와 피해 이외에 "기쁨과 긍정" 또한 페미니즘과 퀴어 정치의 중요한 유산이라고 말했다.[25] 한편 《페미니스트 저널 이프》의 편집위원 박미라는 피해를 입은 여성이 "피해의식"을 갖는 것은 그 자체로 "당연한" 반응이며 "나쁜 것도, 올바르지 않은 것도, 비합리적인 행동도 아니"라고 언급했다."[26]

3

한국에 '성도착증'이 애초에 드물다는 주장과는 달리, 과거 한국의 신문과 잡지에서는 동성애자, 여장남자, 남장여자 등 다양한 형태의 비규범적 성애·성별 실천이 다루어졌다. 경찰에 의한 검거 소식을 전한 언론 외에 그들의 이야기를 다룬 것은 주로 당대의 대중오락잡지였다.

그러나 '르뽀', '실화', 당사자들의 '수기'임을 강조한 대중오락잡지의 기사 속 내용이 과연 사실이었는지는 의심스럽다.[27] 가령 1950년대 중반 한국에는 미국의 성별 재지정 수술 사례가 소개되면서 한국에도 존재하는 여장남자와 남장여자 몇몇이 소개되었다. 이에 1958년에는 여성에서 남성으로 "성전환"한 당사자가 이번에는 다시 여성으로 "성전환"을 원한다는 소식이 대중오락잡지 《명랑》에 실렸다.[28] 심지어 다음 호에는 그가 남성으로 "성전환"한 후에 그와 만났다는 한 여성의 '독점 수기'가 신파조로 길게 게재되었다.[29] 또한 같은 해에 발간된 《야담과실화》에는 음식점에서 작부酌婦로 일하며 성매매를 수행하는 여장남자의 이야기가 실렸는데, 남성 성구매자와 성관계를 한 다음 날은 얼굴에 "여드름 같은 부스럼"이 돋으며, 그의 항문에는 "푸르스름"한 "홀몬 같은 즙"이 끼어 있었다고 한다.[30] 이러한 기록들은 사실 여부가 매우 의심스러우며, 잡지의 특성상 이들의 이야기가 한낱 흥밋거리와 가십으로 취급된 정황을 드러낸다.

한편 1965년 또 다른 대중오락잡지 《부부》에는 〈여자보다 좋았다: 어느 동성애욕자의 폭로적 고백 수기〉라는 글이 총 8회 연재되었다. "부인들 사이에 반발적 인기를 불러일으켰"다는 이 글은[31] 수기의 주인공인 한 남성이 미군 남성을 비롯해 애인 관계인 성매매 여성 등과 성관계를 맺는 내용을 다루고 있다. 8회를 끝으로 연재가 중단된 까닭은 한국잡지윤리위원회가 그해 개최한 제1회 자율심의회에서 잡지윤리강령 위반으로 연재 중단 결정을 내렸기 때문이다. "민중을 위한 건전한 지식" 제공, "사회질서와 도덕" 존중, "미풍양속을 해치거나 사회정의에 배치되는 내용"의 게재금지 원칙을 위반했다는 것이 그 이유였다.[32] 역시 사실 여부가 의심스러운 이 수기 가운데, 당대 남성 동성애 관습을 다룬 대목 중 일부를 인용하면 다음과 같다.

나는 그 뒤 꾸준히 B미용실에 출근했다. 오늘도 친구 C와 하루 일을 끝내고 같이 나왔다.

"승아."

"응?"

"너 오늘 나하구 같이 갈래?"

"어딘데?"

"프린스 지하."

"누구 만나기로 했니?"

"응, 실은 두 달 전부터 사귄 사람인데 난 그 사람에게 몸과 마음을 다 주고 말았어."

"상대는 누군데? 여자? 남자?"

"남자야."

"그런 것 같더라."

"난 이젠 걷잡을 수 없을 만큼 좋아졌어. 그런데-."

"그런데-?"

"요즈음 눈치가 좀 이상해. 전 같지 않고 날마다 만나던 것이 요즈음은 며칠 만에 만나는데 그것도 잠깐 얘기만 하고 헤어질 뿐이야."

"뭐하는 친데?"

"연극. 신인상까지 받은 유망한 사람이야. 이름은 M이구."

"나이는?"

"스물다섯."

"어리구나. 이젠 우리도 불장난할 땐 지났어. 좀 진실하고 마음을 의지할 수 있는 사람을 찾아야 해. 아무리 기대어도 무너지지 않을 만한 사람 말이야."

"그런 사람이 있을까!"

"물론 시일은 좀 걸치겠지만 참고 기다려야 해. 동성이건 이성이건, 특히 동성의 세계에선 진실과 지조, 그리고 믿음이 없다고들 하지만 그럴 리는 없어. 자신의 행동 여하에 달린 거라 생각해."[33]

— 류승, 〈여자보다 좋았다: 동성애욕자의 고백 수기(8)〉, 《부부》 51,
미경출판사, 1965.7, 234쪽.

후레자식들

1

언젠가부터 명절이 다가오면 아프기 시작한다. 원인 모를 두통이나 복통, 근육통 등이 온몸을 엄습한다. 본가를 떠난 지가 15년이 되었는데, 처음도 아니고 요즘 유독 그런다. 통증은 고향에 간 첫날 밤에 절정을 이루고, 오랜만에 마주하는 가족들을 공연히 걱정시킨다. 희한한 것은 그런 병증들이 살던 집으로 돌아오면 이내 사라진다는 것이다. 심인성 통증이 아닌가 막연히 짐작해볼 뿐이다.

실은 명절이야말로 발리섬의 닭싸움처럼 그저 그러려니 하고 버티는 의례들로 가득하다. 그것들 하나하나의 유래와 일리를 따지자면 한이 없겠으나 어쨌든 그 닭싸움에 동참함으로써 나는 부드럽게 식구의 일원이 된다. 그 정도의 눈치란 있는 법이어서 친척집을 돌며 여러 잔소리를 들었을 때에도 그런가보다 하고 참아 넘기는 것이다. 1년에 두 번 보는 가깝지도 않은 친척의 오지랖도 혈육 간의 애정일 수 있고, 서로의 살림이 얼마나 피었는지 탐색하며 겸양으로 속내를 견주는 일도 그게 예의이거니 생각할 수 있다. 집안의 여성들을 쥐어짜 차린 제사상의 제수 배치를 짐짓 언쟁하는 일 또한 이미 돌아간 조상에 대한 흠모의 정일 수 있다. 한번 몸 담그면 이해 못할 것도 없는 것이 그런 명절의 의례이고 거기에 오직 한 번만 몸 담그는 사람들 또한 드물다.

한데 어느 순간부터 그 모든 것들이 좀체 버텨지지 않기 시작한다. 어찌 된 일일까. 친척 댁에 간 어느 날 남자 어르신 비위 맞춘답시고 따라간 보신탕집에서 잘게 저며진 수캐의 성기를 웃으며 짓씹을 때에도 그 모든 게 비루하다는 걸 모르지는 않았다. 스무 살도 되기 전부터 이미 체득해온 은밀한 예의와 겸양과 애정과 흠모는 이제 와서 비루하고 낯설다기엔 새삼스런 것이다. 원한다면 그 모든 것들에 그럭저럭 웃으며 선선히 넘기고 거기에 무슨 뜻이 있겠거니 생각하면 될 일이고 실제로 그렇게 살아온 세월이 10여 년은 된다. 그런데 이제 와 왜 그것들이 버텨지지 않는 걸까.

어느 추석 때 본가에 내려가 제사상 앞에 서는데, 이번엔 몸이 아프지 않은 대신 신경이 하늘 높이 곤두선다. 몸소 배운 사회성의 스킬대로 얕은 숨을 쉬며 버티는데, 이전에는 선선히 넘길 수 있었던 명절과 친척과 오지랖과 여기에 모인 의례들 모두가 토할 것 같아 도저히 견딜 수가 없다. 마치 공연히 까탈스런 티를 내고 히스테리를 부리는 '여자'처럼, 실은 오래전부터 속으로 짓눌러온 날카로운 감각들이 허공을 베어내고 손끝을 자분자분 저미는 것이다. 이십 대에 애써 배우고 익힌 사회성의 시곗바늘이 보란 듯이 거꾸로 돌아가고, 나는 이 모든 걸 견디면 내게 뭐라도 돌아올 것 같던 그 자리가 텅 비어 나부끼는 것을 본다.

입을 다물고 적당히 미소 지으면 자못 진중한 사람이 되는 것처럼 잠자코 의례를 따르고 따르고 또 따르고 나면 종국에 얻는 것은 무엇일까. 나는 끝까지 가족들에게 착하고 말 없는 자식으로 남게 될까. 그럼 그분들의 기억 속에 나는 게이도 뭣도 아니고, 어른의 마음을 헤아릴 줄도 아는 미쁜 손아랫사람으로 남게 될까. 그렇게 예쁘게 빚어진 내 자리에 내 얼굴이 없다면 나는 어찌해야 할까.

서둘러 돌아가려는 자식을 배웅하는 황망한 가족들의 표정을 뒤로하고, 나는 본가에 간 지 하루 만에 내가 지내던 곳으로 돌아온다. 회돌던 신경이 돌아오는 기차 안에서 그예 사붓이 가라앉는다. 10여 년 동안 마치 내 것 같았던 번듯한 여느 아들내미의 얼굴이 사위어가고, 나는 이제 그만 자신을 숨길 수 없고 그럴 힘도 뭣도 없는 '반푼이년'의 얼굴로 차창 밖 흩날리는 풍경을 마주한다.

명절 스트레스는 풀어야 맛이라고, 집에 도착하는 대로 자주 가던 이태원 클럽으로 향한다. 추석날 밤, 마치 여느 토요일 밤인 것처럼 그곳에는 나와 같거나 다른 수백 명의 후레자식들이 오색빛 조명으로 빛나고 있었다.

2

소설가 한강의 중편소설 〈채식주의자〉는 《창작과비평》 2004년 여름호에 처음 발표되었다. 무던하게 살아온 남편과 그 무던함에 어울리는, 무던한 가정에서 자란 무던한 아내의 이야기였다. 이후 연작소설 두 편을 포함한 소설집 《채식주의자》가 2007년 10월 30일 출간되었다.

소설 속 아내는 무던한 결혼생활을 영위하다 갑자기 참아왔던 모든 것들을 참아내지 못하는 상황에 봉착한다. 아내는 겉으로 보기에 서서히 미쳐가고, 남편은 그런 아내의 "말과 행위를 이해하려는 대신 자신이 살아온 기준으로만 바라본" 결과 그저 한 집에 사는 남인 것처럼 대하고 살아도 괜찮지 않을까 생각한다.² 그러나 삶 한가운데에서 깊은 외상을 입고 그것을 "구체적 언어"로 표현할 길을 찾지 못한 아내의 정산은 단지 그것으로 끝나지 않는다.³

《채식주의자》는 2016년 2월 2일 미국에 번역·출간되었고, 그해 5월 17일 맨부커상 Man Booker International Prize 을 수상했다.⁴ 같은 해 8월 15일 독일에도 번역·출간되었는데, 《슈피겔 Spiegel》은 같은 날 기사에서 "정상적인 삶이라 불리는 범주에 인간을 맞춰 넣을 때" 어떤 일이 생기는지를 비유한 작품이라고 평했다.⁵ 또한 문학평론가 심진경은 이 소설이 구현한 "모든 정상적인 것의 비정상적인 것 되기"야말로 "이 소설의 진정한 변신"이며, 소설의 설정이 "익숙하고 당연한 것으로 받아들여졌던 현실 질서의 부조리함과 모순을 폭로"함으로써 "이 세계"를 "기괴하고 낯선 곳으로 탈바꿈"시키고 있다고 평가했다.⁶

더불어 영문학자 오은영은 이 소설에 대한 연구를 통해, "너와 내가 동일한 가치와 기준을 문제삼지 않고 사는 평화로운 일상"이란 곧 "낯설고 이질적인 타자가 끼어들 수 없는 세계"와 같으며, "평범함이 곧 폭력은 아니지만" 그 "평범함"으로 인해 일상 속으로 "부지불식간에 스며드는, 눈에 보이지 않는 폭력들을 인지하지 못할 가능성이 매우 크다"고 언급했다.[7]

기대하지 않음

1

처음 남자의 몸을 좋아한단 걸 알았을 때 나는 무슨 생각을 하고 있었을까. 이런 일들이 나에게만 오는 것이 아니고, 이런 지향과 이런 삶도 얼마든지 가능하며, 이런 성적 지향을 바탕으로 구체적인 삶을 꾸려보자는, 짐짓 '정답'에 가까운 생각을 처음부터 하는 행운이 누구에게나 찾아오는 것은 아니다. 결국 이 세계 속에 누군가는 불운하게 마련이고, 나나 여러분 또한 어쩌면 운이 좋지 못했을 수 있다.

　구태여 남자이고플 필요도 없는 남자아이들과 굳이 여자이고플 필요조차 없는 여자아이들 사이에서, 그리고 그네들이 멋대로 남녀 한 쌍을 짝지어서 쟤네가 서로 좋아한다고 놀려대는 풍경을 대하면서, 드라마에서 주야장천 방영되는 남녀 간의 연애담과 연거푸 싸우고 헤어지거나 끝내 헤어지지 못하는 이성애 부부의 사연에서, 나는 세상 가운데 내가 자리할 거처가 생각보다 좁을 수 있다는 걸 예감한다. 그 예감은 분명하거나 예리하게 찾아오기보다는 마치 물안개 깔리듯 삶 가운데 낮게 깔리는 서늘한 무엇에 가깝다. 물론 운이 좋아 그것도 내 삶이려니 하고 태연히 사는 사람도 있겠지만, 앞서 말했듯 누구에게나 운이 따르는 것은 아니다.

세월이 지나 몸속에 큰 비밀을 안고 사는 이가 되면서, 그리고 그것을 낯모르는 이와 조금씩 남모르게 풀어보기도 하면서, 나는 그 속에서 잠깐 느꼈던 쾌감만큼이나 그것을 둘러싼 천 근의 공기를 예감한다. 이 쾌감은 많은 사람이 이해하지 못할 것이고, 나아가 이해하려 하지도 않을 것이다. 남자가 남자를 좋아하고 몸과 마음이 끌릴 수도 있다는 것을 사람들이 어떻게 이해할 수 있을까. 하나하나 이해시킨다 해도 저 많은 수의 사람을 대체 어느 천년에 모두 설득한단 말인가. 대답이 어찌 됐든 자신을 이해받고자 최대한 발버둥 치고 싸우는 선량들도 있지만, 나는 그렇게 운이 좋질 못했다. 나는 내가 이해받지 못하리란 것을 알았고, 그것은 특별한 깨달음이 아니라 내 삶을 전제하는 깊은 수맥처럼 내 안에 자리잡았다.

하나하나 싸워 물리칠 수 있든지 앞으로 변할 여지가 있든지 없든지, 나에게 호의적이지 않을 것은 분명한 저 세상 앞에서 운 나쁜 이가 할 수 있는 것 중 하나는 애초에 세상의 이해를 구하지 않는 것이다. 나에게 적대적일 것 같은 세상을 향해 내가 먼저 문을 닫는 것이다. 그리고 그것은 세상에 대한 일종의 복수이자, 한편으로는 세상에 대한 배려이기도 했다. 일반적인 삶에서 한 발짝 벗어나는 일이 얼마나 피곤한지 내가 아는데, 남더러 그걸 알아달라고 소구할 수 있을까. 내가 네 평화로운 삶을 굳이 건드릴 만한 자격이 있을까. 너라도 저 거대한 세상에 기대 행복했으면 좋겠다. 기실 역지사지에 가장 능한 이들이야말로 무언가의 소수자들이다. 나도 나를 이해하기 힘든데 세상이 어떻게 나를 이해할 수 있을까. 어림없는 일이다.

그렇게 지내다 보면 세상이 뭐 조금 변한다 싶어도 별반 감흥이 일지 않는다. 세상을 바꿔보겠다는 희망을 품는 이들을 보면 한편으론 생소하고, 한편으론 뭘 모르는 이들 같아 보인다. 내가 무서워했고 싫어했고 연민했고 종내는 배려했던 그 세상은 결코 쉽게 변하지 않고, 그 세상에 대한 기대야말로 가장 어리석은 것이 분명했다.

어느 날 누군가가 꿈에 대해 물었고, 나는 무심결에 "꿈 없이 사는 게 꿈"이라고 대답했다. 명확한 지향점은 없어도 어디로든 뻗치는 열기는 있었기에 한동안 닥치는 대로 눈앞의 노동과 당장의 봉사를 하고, 바로 옆에 있는 인간들에게 인정받는 데 이상스레 집착했다. 그러면서도 내 딴에는 언제든 그 모든 것을 떠날 수 있을 것처럼 생각했고, 모든 것이 허망해지는 날이 많았다. 그리고 시간이 흘러 그 인간들과 노동과 봉사가 모두 제 갈곳을 찾아간 후에, 나는 하고 싶은 것이 모두 사라진 채로, 사실 그다지 원하지 않았던 몇 가지 경험과 능력들을 얻은 채 덩그러니 놓인 나를 발견했다.

너무도 임의적으로 괴이하게 구성된 지난날을 복기하면서 나는 꿈이란 걸 꾸어본 적이 퍽 오래라는 것을 알았다. 꿈을 누일 세상을 믿을 수가 없었으므로 차츰 적당한 꿈을 꾸는 것에 익숙해졌고, 세상과 나에게 무언가 큰 기대를 걸고 높은 꿈을 꾸던 시절은 어느새 나에게서조차 잊히어, 이제는 이 모든 것이 그저 황망하고 새삼스레 여겨졌다. 입 밖으로 꺼내지 않은 채 남몰래 삼켜온, 가슴팍에 내려앉은 체념과 낙백의 거대한 암반을 만지며, 나는 이 돌덩이 같은 침묵의 역사가 궁금했다. 남자를 좋아하는 낯선 몸의 나보다 그것을 싫어할 세상을 더 연민하고 세상에 대한 기대를 끊던 그 시절의 나는 과연 어디로부터 온 것일까.

2

1957년 심리학자 커트 리히터Curt P. Richter는 한 가지 실험에 착수한다. 들쥐를 두 실험군으로 나누어 한 실험군의 들쥐는 그대로 두고, 다른 한 실험군의 들쥐는 손에 쥐고 빠져나가지 못하도록 움켜쥐었다 풀어주고는, 두 실험군의 들쥐들을 모두 따뜻한 물에 집어넣었다. 전자의 들쥐들은 맹렬히 헤엄치며 평균 63시간을 버티다 죽은 반면, 후자의 들쥐들은 기운이 빠진 채 첨벙이다 평균 30분 만에 모두 익사했다. 이 실험을 통해 커트 리히터는 물에 들어가기 전 들쥐들이 자기가 어찌할 수 없는 상황을 만나 이른바 학습된 무기력learned helplessness을 갖게 되었고, 이는 보다 쉽게 삶을 포기하는 결과로까지 이어졌다고 설명했다.[1]

또 다른 심리학자 마틴 셀리그먼Martin Seligman은 이 학습된 무력감이 "자신이 무엇을 하든 아무 변화도 생기지 않는다는 것", 그리고 "자신이 어떻게 반응하건 원하는 바를 얻을 수 없다는 것을 깨닫게 하는 경험"을 통해 생겨난다고 밝혔다.[2] 이러한 학습된 무력감은 학습능력이 있는 동물은 물론 인간에게도 나타나며, 주로 동기부여가 안 되고 인지능력이 왜곡되며 정서적인 혼란 및 우울증이 동반된다고 설명했다.[3]

　　나아가 사회학자 김홍중은 이런 무력감과 우울에 오래 노출되다 보면 "말이라는 것이 역겹고 무가치한 것으로 변해버린 것 같은" 느낌을 받고, "말하고 싶지 않"다고 생각하면서도 별안간 또 무언가 토로하고 싶은 양가적 욕구를 지니게 된다고 언급했다. 따라서 이러한 경우 드러난 말보다 앙다문 침묵이 "훨씬 더 두껍고", 또 "위험"할 수 있음을 지적했다. 한편 그는 이러한 우울의 증상이 치료해야 할 질병이기에 앞서 그 자체로 수용되어야 할 반응이자 세상에 대한 체험이며, 이러한 감정이 "깨져 열리는" 가운데 때로는 또 다른 삶, 또 다른 정치로 연결될 가능성도 있다고 덧붙였다.[4]

진짜 사나이가 본 〈진짜 사나이〉[+]

군대에 관해 무언가 통약가능한 말을 할 수 있을까. 누구에게나 적용될 수 있고 누구나 받아들일 만한 그런 말 말이다. MBC 예능프로그램 리얼입대 프로젝트 〈진짜 사나이〉는 그런 걸 시도하려 든다. 내가 그 프로를 맘에 들어 하든 그렇지 않든, 군대에 관해 쓴다는 게 저 프로가 범하고 있는 실수들과 온전히 다른 것이 되리라 낙관하긴 힘들다.

용케 그 위험을 극복하고 무언갈 말하고자 맘먹는다 해도 다음과 같은 문제들이 남는다. 내가 가진 군대에 대한 기억은 과연 보편적인가. 물론 나는 〈진짜 사나이〉가 다루고 있는 군대에서의 전우애나 뽀글이 먹는 잔재미나 근육몬 선·후임을 훔쳐

[+] 〈진짜 사나이〉는 2013년 1월 6일부터 2016년 12월 26일까지 MBC에서 방영된 예능프로그램으로, 출연자들이 실제 군부대에서 5박 6일간 숙식하며 영내 훈련에 참가하는 내용을 다루었다. 이 프로그램은 방영 당시 높은 시청률을 기록했고, 이 프로그램의 포맷을 본뜬 〈가짜 사나이〉라는 프로그램이 2020년 7월 9일부터 11월 28일까지 유튜브에 공개되기도 했다. 이 글은 2016년 1월 발간된 게이 매거진 《DUIRO》 창간호에 실렸으며, 책에 실린 다른 글들과 같이 '은둔'이 무엇이고 그것이 세상과 어찌 관계 맺는지에 대한 고민을 다룬 글이라 판단되어 《DUIRO》 창간호를 제작한 APURO PRESS 관계자와의 협의하에 일부 수정을 거쳐 이 책에 수록하였다.

보는 눈요기가 '진짜' 군대를 대표할 수 없다고 생각한다. '진짜 사나이'로 구성되었을지 퍽 의문인 '진짜 군대'에서는 훨씬 더 파괴적이고 비인간적인 일들이 많이 일어난다. 그리고 결정적으로 이 프로를 만든 PD와 스태프들 또한, 무려 '진짜 군대'를 재현하고픈 마음은 애초부터 없었을 것이다. 이런 상황에서 내가 겪은 군대의 아프고 구린 점을 말하고, 그 가운데서 고백하게 될 아프고 구린 나의 과거가, 과연 무슨 뾰족한 의미가 있을지 의심스럽기도 하다.

게다가 나는 군대를 제대한 지 꽤 오랜 시간이 지났고, 그때 불가피하게 얻은 상처인지 요령인지를 이미 그간의 삶 속에서 써먹을 대로 써먹고 난 후다. 따라서 10여 년 전 군대에 대한 이야기는 이제 별 얘깃거리도 못 되는 기억 같고, 그렇다고 하나하나 다시금 파헤치기엔 너무나 걷잡을 수 없이 아픈 기억들이어서 이내 들추길 단념하게 된다. 그러니 이제 와서 무슨 말을 할 수 있겠는가. 군대를 성공적(?)으로 전역한 여느 예비역 남성처럼 나도 이상한 과거일랑 대충 묻은 채 '진취적'으로 살아버리면 되는 것이다.

그런 나를 방해하는 원고 청탁이 들어왔는데, 무려 〈진짜 사나이〉를 보고 무언가를 써달라는 부탁이었다. 단언컨대 나는 단 한 번도 그 프로를 제대로 보지 않았고, 어딜 가다 길거리에서 우연히 보게 되더라도 10초 이상 눈길을 둔 적이 없다. 뭐 저런 걸 예능으로 만드나 싶기도 했고, 시청률을 위해 군대를 저런 식으로 새기는 현실을 현실로 인정해야 하나 싶은 생각도

잠깐 했다. 어쨌든 굳이 찾아서 플레이 버튼을 누를 심력이 내겐 없었다. 어떤 훈남이 화생방에서 눈물 콧물을 흘리며 '모성 본능'을 자극했단 소식이 들려와도 그 프로만큼은 보고 싶지 않았다. 왜 그랬을까. 내가 군대에서 배워 나온 그 진취적임으로 이런 프로들쯤 그냥 유희거리로 볼 수 있어야 자랑스런 대한민국 예비역 남성에 값하는, 그것도 게이임을 그 안에서 끝까지 숨기는 데 성공한 라이선스에 값하는 행보가 될 텐데, 당최 무엇이 무서워서 한 번도 챙겨 보지 않은 걸까. 그러한 의문의 힘으로 이 글을 쓴다.

군대를 성공적으로 전역했다는 것

무슨 생각으로 그랬는지 모르겠지만 군 시절에 썼던 글들을 좀 뒤져봤다. 그때 난 최소한 지금보단 좀 예민했고, 군대에서 정신을 잡아먹히지 않겠다는 원대한 포부를 갖고 있었다. 그러나 나도 상병장 짬밥을 먹어가면서 변해갔고, 변해가는 스스로를 막는 대신 그 삼단합체 같은 변신의 과정을 치밀히 기술하는 것으로 군생활을 퉁쳤다. 그때 쌓아 올린 글줄을 한 편 소개하고자 한다.

고등학교 시절, 어떤 선생이 모종의 이유를 들어 푸닥거리하던 광경이 생각난다. 학생들에게 아구창 한 대씩을 날리던가

하는 중이었는데, 그때 어떤 노회한 학생 하나가 맞고 나서는 짐짓 더 태연한 표정을 짓던 게 기억난다. '나는 이보다 더 한 것도 많이 겪었고 이 정도 린치쯤은 아무렇지 않으니 신경 쓸 것 없으시다'는 것처럼, 더 때려도 얼마든지 맞아드릴 수 있다는 표정으로 상기된 한쪽 볼을 내밀었더랬다. 그의 인상은 참으로 진취적이었다. 그때 나는 나와 다른 세계의 언어가 있음을 알았고, 그 언어가 곧 내 것이 될 것임을 직감했다. 〔……〕

군생활에 내 몸을 맞춰가는 동안 진심이니 이유니 하는 것들은 처음엔 꺼내보는 게 무서웠고, 그다음엔 꺼내는 게 의미가 없어 보였다. 내가 정녕 무엇을 원하는지가 점점 비어 갈수록 나는 내 평온함의 일관성에 집착했다. 진심의 논리는 어려웠고 평온함의 논리는 쉬웠다. 〔……〕 내 진심이 함부로 다뤄졌으므로 다른 진심도 함부로 다루어졌다. 그 속에서 진심이니 이유니 하는 이야기들은 점점 철없는 소리로 여겨졌다. 순진하다고, 덜 겪어서 그러는 거라고. 중요한 건 이등병의 행동양식이지, 이등병의 진심이나 행동의 이유 따위가 아니었다. 그리고 무엇보다 그런 얘기들은 꼭 내 몸을 비웃는 것 같았고 내 초라한 역사를 비웃는 것 같았고 나조차 모르는 내 진심을 비웃는 것 같았다. 그래서 그런 말들은 말이 되면 되는 대로, 말이 안 되면 안 되는 대로 기분 나빴다. 진심을 말하는 것은 항상 어딘가 비참했고, 나는 호방하게 닦아온 내 평온함의 질서를 건드리는 게 싫었다. 숫제 '뭘 좀 아는' 사람과 얘기하고 싶었다.

— 〈변절과 순응에 대하여〉, 2006.5.24.

전역을 한 달 남겨두고 이 글을 쓰면서 나는 자의 반 타의 반으로 몸 맞추게 된 진취적인 스스로를 연민하는 가운데, 사무실에서는 그렇게 배워 익힌 진취적임으로 부사수의 형편없는 업무능력을 대차게 갈궈댔다. 그러니 군대에서 잃어버릴 수 있을 감수성을 놓치지 않으며 그 연약함 속에 깃들어 있을 반짝거리는 세상의 지분을 짓밟지 말라 운운하고 싶었던 나의 원대한 계획은 실패했다. 적어도 그런 얘기는, 군대를 짐짓 성공적으로 전역해서 잘 먹고 잘 살고 있는 내가 할 소리는 아니다.

매회 퇴소식 혹은 전역식 때마다 그간의 고생과 전우애를 생각하며 눈물을 줄줄 흘리는 〈진짜 사나이〉 출연자들의 감정을 거짓이라 매도하고 싶지는 않다. 사실 충분히 그럴 수 있는 일이다. 그들은 진취적이고 싶어 했고, 그들의 선택에 값하도록 진취적인 얼굴로 자신을 변화시키는 데 성공했을 뿐이다. 다만 나처럼 온전히 그 지향에 동의하지 못하면서 그렇다고 스스로 변해가는 걸 막지도 못한 반푼이가, 그렇게 살았던 세월을 잊고 이제 와 그 시절을 대단히 예민하게라도 보냈던 것처럼 공작질을 해대는 것은 명백히 추하다. 이제 와서 그런 짓을 한다면 당시에 군생활을 함께했던 이들은 물론이고 이후 사회에서 함께 일을 했던 자들도 나를 가만두지 않을 것이다.

나는 내 진취적인 변화를 숫제 확신할 수도 없었던 지난 군생활이 전반적으로 수치스럽다. 변할 건 다 변해놓고, 그 변한 스스로를 자랑스러워하는 데는 끝내 성공하지 못했으니까. 변한 게 내 의지가 아니었다는 변명보다는, 내가 이미 그리 변해왔고 또 변한 채로 인생을 살았다는 사실이 좀 더 중요하다. 그러므로 이제 와서 〈진짜 사나이〉의 눈물겨운 전역식에 동의하지 못한다 해서 내 감각과 인생이 정치적으로 올바르게 될 리 만무하다. 내게 군대를 성공적으로 전역했다는 것은 그런 의미이다.

숫제 '뭘 좀 아는' 은둔

쪽팔리는 자기고백 시간을 가졌으므로 이제 정의로운 얘기를 좀 해볼까 한다. 그래도 〈진짜 사나이〉의 출연자와 시청자들보단 내가 좀 더 정의로울 수도 있기 때문이다. 물론 이는 아무 근거 없는 믿음이다. 정의를 말하는 많은 말들이 으레 그러한 것처럼.

〈진짜 사나이〉에서건 '진짜 군대'에서건, 혹은 사회 어디서건 훈육은 존재한다. 무언가를 배우고 익히는 데엔 모종의 강제가 얼마간 반드시 요구된다. 그 방법이 '단 하나'로 여겨지지 않는다는 전제 아래, 훈육 방법 '가운데 하나'로서 군대의 그것을 방송에서 보여주는 게 그리 나쁠 건 없을지도 모르겠다. 물론 훈육엔 때리고 맞고 허리 추간판이 돌출되는 방식 외에 참아주고 기다려주고 헤아려주는 방식 또한 존재하고, 〈진짜 사나이〉에서 과도하게 부각시키기는 했지만 진짜 군대에서 후자의 방식이 아주 없는 것도 아니다. 군대도 결국 그놈의 '사람 사는' 동네이기 때문이다.

그런데 '사람 사는' 동네란 게 강조된다는 건, '그곳에 사람이 산다'는 것 외에 무언가가 비어 있음을 의미한다. 먼저 군대란 그곳에서의 규율과 삶들이 거의 변할 수 없이 처음부터 주어진 것으로 여겨지기 쉽고, 거기에 속한 사람들은 그렇게 주어진 세상에 얼마나 잘 맞춰 사느냐를 기준으로 대우받기 쉽다. 물론 군대가 실제로 안 그런 곳일 수 있고 군인들 중에 실제로 안 그러고 사는 사람이 있을 수 있지만, 군대에서 받는 반복된 훈육은 일단 있는 규율을 불변하는 것으로 생각하도록 만든다. 문제는 어떤 세상에 그저 몸 맞춰 산다는 것이 그 세상에 대한 어떤 기대도 갖지 않는다는 걸 뜻한다는 것이다. 군대가 개인의 어떤 노력으로 무언가 변할 수 있는 곳이 아니라 생각될 때, 군인은 개인임에 앞서 군대 속의 한 익명이 된다. 이것이 군대가 흔히 말하는 '사회'가 될 수 없는 이유이고, 그곳이 '사람 사는 동네'에 그칠 수밖에 없는 이유이다.

한데 이러한 익명으로서의 사회적 관계는 어딘가 기시감이 있다. 바로 은둔인 채로 사는 동성애자들이 이와 유사하다. 자기 정체성을 드러내지 않고 동성애에 적대적인 세상에 맞춰 산다는 것은 곧 그 적대적인 세상에 대한 어떤 기대도 갖지 않는다는 것을 의미한다. 그 속에서 사회는 적대적인 그대로, 개인은 가시화되지 않은 그대로 굳어지게 되고, 결국 아무것도 변하지 않고 아무 일도 일어나지 않는 상태가 된다. 은둔인 채로 사는 동성애자들은 그렇게 사회 안에서 익명의 위치에 있으면서, 역설적으로 그 위치로 인해 보호받을 수 있다고 생각한다. 그러나 그러한 관계를 박차고 자기를 드러내며 커밍아웃하는 사람들은 자신을 그러한 사회 속의 익명이 아니라 사회구성원의 한 사람으로 대우해달라고 요구하고 또 스스로 그렇게 생각하는 데에 이른다. 따라서 동성애자의 커밍아웃은 사회구성원이 되겠다는 선언과 같다. 그냥 닥치고 주어진 대로 중간만 가면서 사는, '뭘 좀 아는' 은둔의 신세를 벗어나 무언가 사회 속의 관계를 자기 본위로 재정립하고자 하는 것이 곧 커밍아웃인 셈이다.

은둔이라는 사회적 관계를 동성애자의 것으로만 받아들이기엔 유사한 사례들이 너무 많다. 〈진짜 사나이〉에서 결정적으로 은폐하고 있는 '진짜 군생활'의 일환, 즉 전역날만 기다리며 병영 내의 모든 모순에서 초탈하여 익명의 존재로서 군생활을 버텼던 모든 이들의 시간은 사실 또 다른 은둔이었던 셈이다. 더불어 그렇게 살았던 것이 자신을 보호하기 위함이었단 이유까지도 동성애자의 은둔을 지독히 빼닮았다. 나아가 이러한 은둔의 처세가 때로는 한국의 개인과 사회가 맺어왔던 어떤 묵계가 아니었을까도 생각해보게 된다. 과거 나라와 군대가 어려워 정말로 무언갈 기대하기가 어려웠을 때 그 속에서 어떻게든 헛된 기대를 품지 않으며 자력갱생으로 그 모든 시스템의 부재를 돌파하고자 탄생한 인간상이, 그래도 살기가 좀 나아졌다고 하는 지금까지도 여전히 변하지 않는 진리처럼 내려오는 건 아닌가 싶은 것이다. 동성애자 인권운동과 문화적 지반이 확대된 지금에도 앙다문 은둔의 생활 방식을 고수하는 일군의 게이들처럼 말이다.

물론 커밍아웃은 쉬운 일이 아니다. 군대 안에서 시스템을 고치려 노력하고 다른 변혁의 가능성을 믿고 자기 생각을 드러낸 군인들은 어쩌면 동성애자만큼이나 어려운 커밍아웃을 감행한 셈일 수 있다. 그러한 한 사람의 노력이 세상을 바꿀 수는 없지만, 적어도 당사자와 그 주위의 사람들이 삶을 바라보는 관점을 바꾸고, 그럼으로써 세상에 대해 무언갈 기대하는 행위가 가진 중요성을 환기할 수는 있을 것이다. 어쨌든 그저 '뭘 좀 아는' 상태를 지나 자신을 외면하지 않고 사는 것은 쉽지 않은 일이고, 그걸 해내는 사람은 그만큼 빛나게 마련이니까.

이리 써놓고 나니 내가 정의로운 인간이 된 것만 같다. 당연히 그럴 리가 없고, 나도 군대에서 은둔으로 살았던, 그럼으로써 군대를 성공적으로 전역한 한낱 예비역 나부랭이에 불과하다. 그래도 요새 게이라고 커밍아웃하고 다니는 일이 좀 잦아진 게 불행 중 다행이라면 다행이지만 그렇다고 인생에서 은둔의 포지션을 일소하기라도 했나 치면 전혀 그렇지 않다. 정말 그랬다면 내가 왜 구태여 〈진짜 사나이〉에 얽힌 오욕칠정을 이리 똬리 튼 코브라처럼 날름거리고 있겠나. 인생은 그렇게 쉽사리 초극될 수 없다.

체벌 '서비스'와 BDSM

여기까지 썼는데도 〈진짜 사나이〉에 대한 용심이 풀리지 않는다. 저건 몹쓸 프로고 저걸 보는 인간들은 몹쓸 인간들이란 편견이 머릿속에 가득하다. 물론 그 이유들 중 상당수는 앞에서 쓴 대로 주로 내 문제들 때문이다. 어떤 혐오감정은 그저 당사자의 생애 속 특정한 경험 때문에 생긴다. 앞에서 뭘 많이 썼음에도 분이 풀리지 않는 걸 보면 아직 써야 할 게 남았단 얘기가 되겠다.

〈진짜 사나이〉에서 보여주는 여러 군사훈련과 얼차려 그리고 군인도 아닌데 그것을 받는 출연자들의 일그러진 표정은 사실 좋은 구경거리다. 애먼 사람을 정글에 보내 밖에서 재우고 못 먹을 걸 먹이며 재미를 찾았던 예능프로들은 출연자를 무려 군대에 보내버림으로써 그 가학 취향의 끝을 보여준다. 뭐 그게 나쁘다는 건 아니다. 그걸 비판하려면 대한민국의 너무 많은 예능프로를 까야 하는 데다, 앞에서 말했듯 나는 군대를 성공적으로 전역한 예비역 남성이기 때문에 그런 것에 비위가 뒤집히진 않는다.

정작 그보다 문제적인 것은 출연자들이 인생의 벽에 부딪쳐 일상이 정돈되지 않은 상태를 타파하고자 군문軍門을 찾는 광경이다. 사실 '정신을 차리고 싶다'는 동기하의 이런 극단적인 선택은 그 극단성만큼이나 당장의 효과도 좋다. 왜 아니겠는가, 21세기 민주 사회에서 난데없이 국방색 전투복으로 갈아입고 땀날 때까지 구르고 처맞고 하면 없던 정신도 번쩍 들 것이 분명하다. 남영동에 끌고 간 민주 투사들을 고문하기 전에 전투복으로 갈아입혔다던 관례가 문득 떠오르긴 하지만, 어쨌든 군대가 무슨 방법으로든 뭔가를 환기시키는 것만은 확실하다.

군대를 성공적으로 전역하고 난 몇 해 후의 일이다. 인생의 여러 문제로 인해 밤낮이 바뀌는 상황이 됐다. 수면 조절이 안 되니 스케줄이 엉망이 됐고 자존감도 떨어졌다. 그 기간이 길어지다 보니, 갑자기 군대에서처럼 아침 6시에 강제로 창문 열고, 이불 뺏어가고, 안 일어나면 패던 그 조교들의 '서비스'가 너무 그리워지는 거였다. 그런 방법을 통해서라도 내 생활을 교정하고 싶었고, 한 달에 몇 십만 원씩 돈이 들더라도 그런 서비스가 있다면 구입하고 싶었다. 한데 이런 생각을 나만 했던 건 아니었나 보다. 어느 날 중고등학생들이 '체벌 과외'를 구한다는 내용의 흥미로운 기사를 읽게 된 것이다. 그네들의 눈물겨운 사연을 소개하면 다음과 같다.

"열일곱 살 학생입니다. 시험 성적이 떨어져서 엉덩이 체벌이나 발바닥 체벌을 받고 싶습니다."
"맞아서라도 생활 태도를 고치고 싶어요. 공부도 잘 못하는데 내년이면 고3이거든요."
"학원 갔다가 딴 길로 새는 나태한 생활을 바꿨으면 좋겠다. 〔……〕 곧 대입반인데 성적이 하위권이라 많이 맞으면서 반성도 하고 정신 좀 차려보려고 체벌 과외를 신청했다. 〔……〕

손바닥이든 엉덩이든 선생님이 하는 대로 따르겠다."
"학교에서 체벌을 금지하고 있기는 하지만 영어 성적이 좋지 않아 맞으면서 배우고 싶다."

— 〈"선생님, 때려주세요": 10대들의 엇나간 '체벌 호기심'〉,
《THE FACT》, 2012.6.28.

이들의 마음은 십분 이해한다. 맞는 것만큼 약발 좋은 게 어디 있겠나. 그러나 저런 '서비스'들이 그 약발만큼이나 가지고 있는 문제점은 그것이 개인의 자기규율 감각을 키워주는 게 아니라 그 감각을 장기적으로 파괴한다는 데 있다. 때리고 맞는 것으로 제 생활의 질서를 잡아버릇하면 점차 그 방법에만 의존하게 되고, 그것은 어쨌든 당장의 약발이 좋기 때문에 끝내는 인간의 삶을 규율하는 정상적인 방법처럼 여겨지고, 그것이 아닌 방법은 비효율적이고 무언가 하등의 것처럼 여겨지게 된다. 가령 맞으면서 공부해버릇한 사람은 맞는 환경에서만 공부가 가능한 사람이 되기 쉽다. 그가 정상적인 환경에서 근면할 수 있으려면 의외로 많은 시간이 필요하다. 그 시간을 허용하지 않고 당장의 약발에 의존하다 보면 일상을 주체적으로 유지하는 데 필요한 감각은 체계적으로 망가진다.

그러니 군대에서 뭔가 잘 배워 와서 강철 같은 규율로 살아가거나, 혹은 예전의 그 규율을 부러워하는 사람들보다는 안팎으로 자유를 겪은바 축적된 자기규율이 굳건히 서 있는 이들이 더 튼튼한 사람일 수 있는 것이다. 얼핏 겉으로 드러난 잡스러움과 자유로움은, 그렇게 겉으로 가해지는 폭력 없이도 자기 안으로 쌓일, 더 튼실한 삶의 분별을 예비하는 토양으로 여겨질 필요가 있다. 그런 점에서 자기 삶의 항상성을 지키는 방법은 결코 한 가지일 수 없으며, 또 가능하면 타율적이지 않은 방법을 취할 지혜가 요구되는 셈이다.

만약 정 때리고 맞는 것이 삶의 중요한 부분이라고 한다면, 난 BDSM을 권하고 싶다. BDSM 플레이야말로 나와 상대 모두 쾌락을 주체적으로 건사할 수 있을 때 가능해지는 성행위이며, 그 분별은 적어도 인생이 안 풀려 해병대 캠프를 찾아가야 하는 것보단 훨씬 건전하고 덜 외설적이라고 확신한다. 아무튼 세상엔 BDSM 플레이어들과 격을 달리하는 변태들이 너무 많다.

민방위 1년 차에 이 무슨

군대를 성공적으로 전역한 지 9년이 지난 민방위 1년 차에게 이런 글을 쓰게 되다니 놀랍다. 이왕에 쓴 글 어떻게 좀 폼 나게 마무리 짓고 싶었지만 그만두기로 한다. 나는 이 글을 통해 군생활에 대해 뭔가 정의로운 글을 쓰는 인간으로 비치고 싶은 생각이 전혀 없다. 그런 욕심은 군대를 성공적으로 제대한 인간이 둘러쓰기엔 너무나 기만적인 것이다.

다만 언젠가 어느 누군가와 술자리 가운데 서로의 군생활에 대한 변태스러움과 수치스러움과, 현재의 건전한 연애 및 애

널섹스 취향 등속에 대해 논전할 수 있기를 기대한다. 아, 그리
고 이제 〈진짜 사나이〉를 그나마 조금은 제정신으로 볼 수 있을
것 같다. 좋은 건지 나쁜 건지는 잘 모르겠다.

앎의 공포

1

어머니와 아들이 길을 걷는다. 그러던 중 건너편 차도에서 어떤 승용차가 한 아이를 들이받는다. 급브레이크를 밟으며 노면에 생긴 스키드마크와 급정거 소리, 사람들의 비명이 허공을 가른다. 어머니는 재빨리 아들의 눈과 귀를 양팔로 감싼다. 지옥 같은 사고 현장 가운데 조용한 어둠의 둥지가 만들어진다. 어미새처럼 아들을 안은 어머니의 망막에 현장의 풍경이 부산히 지나가고, 숨죽인 채 검은 침묵을 견디는 아들의 머릿속에서는 영겁의 시간이 흐르는 듯하다.

어느 날 둥지를 떠나는 아들내미에게 어머니는 다음과 같이 당부한다. 수상하고 꺼림칙한 것은 절대 따라가지 말고 쳐다보지도 말거라. 뉴스에는 하루가 멀다 하고 흉악한 범죄들이 소개되고, 옆집 남자에 의한 유괴사건이 보도되던 날 어머니는 다음과 같이 당부한다. 옆집 아저씨가 어디 가자고 해도 절대 따라가지 말거라. 다음 날은 친척에 의한 유괴사건이 보도되고, 어머니는 혹시나 삼촌이 어딜 가자고 해도 절대 따라나서지 말라고 당부한다. 그다음 날 TV에는 친부가 자식을 살해한 사건이 보도되고, 어머니는 아들에게 아무런 당부도 하지 않는다.

세상은 본래 위험으로 가득 차 있다. 어머니의 구멍 난 당부와 무언가를 목격한 어머니의 양팔 가운데 아들은 위험의 존재를 본능적으로 깨닫는다. 집으로 가는 길에 거적을 둘러쓰고 한쪽 얼굴이 얽은 채 누워 있는 할아버지는 재빨리 지나쳐야 한다. 어느 골목길의 후미진 구석에 있는 개구멍은 거기에 뭐가 있을지 모르므로 그냥 모른 척 지나가야 한다. 학교에서 마주치는 말을 더듬고 행색이 굼뜬 친구는 아무쪼록 말을 섞지 말고 피해야 한다. 무엇을 모르는 것이 때론 자신을 보호하는 길이고, 삶의 요령이란 때로 무엇을 용의주도하게 외면할 줄 아는 것이다.

그러던 아들이 턱 밑과 성기에 털이 자란 후에 자기 몸 안의 이상한 성욕을 발견하고, 그 성욕이 여느 사람에게 이해받기 어려운 어떤 것임을 알게 된다. 그 성욕이란 어릴 적 외면해왔던 길가의 노숙인이나 골목의 개구멍, 어딘가 굼뜨던 친구, TV의 뉴스, 손으로 가린 귀 너머로 희미하게 들려오던 비명을 닮았다. 길가의 어떤 낯선 것에도 주의를 뺏기지 않으려던, 그럼으로써 나를 보호하려던 안전한 세계가 나에게서 기어코 멀어지는 것을 느낀다. 나쁜 것은 피하고 좋은 것만 보게 해달라던 어머니의 기도는 예정된 실패에 다다르고, 세상은 다시금 온갖 빛깔과 소리로 가득한 원래의 모습으로 돌아간다.

2

안다는 것은 원래가 낯설고 두려운 일이고, 몰라서 안전하던 세계의 포근함이야말로 인간적인 것이다. 소수자에 얽힌 앎은 더더욱 그러하다. 게이업소가 어디에 있는지, 크루징 스팟이 어디인지 아는 것은 누군가에게 이미 두려운 일이다. 서점 좌판에 깔린 동성애 관련 서적을 뒤적일 때 누군가 의심의 눈초리로 나를 엿보지 않을까 두렵다. 살다 보면 아는 것이 힘이기 이전에, 아는 것이 낙인일 때가 있다.

동성애를 알면 동성애자가 되고, HIV를 알면 HIV 감염인이 되고, 일견 황당한 말들이 누군가에겐 소름 끼치는 위협이 될 때가 있다. 동성애를 안다고 동성애자일 까닭이 없건만, 종종 사실은 멀고 불안은 가깝다. 어떤 지식을 가졌다는 것이 과연 그 상태와 정말 무관한 것일까. 내가 부인해도 세상이 과연 그렇게 생각해줄까. 팔자가 입증되지 않듯이 불안과 낙인도 좀처럼 입증되지 않기에 때로는 더 무섭다.

성소수자로 살아가는 일은, 그리하여 소수자임을 아는 스스로를 견디는 일과 같다. 견딘다는 것은 그만큼 힘이 든다는 뜻이다. 무엇을 모르고 싶은 마음이야말로 인간적이고, 세상은 그런 인간적인 것들로 감당하기 힘든 낯선 두려움으로 가득하다. 우리가 맞닥뜨리는 세상이 이미 그럴진대, 하물며 거기에 사는 우리가 때로는 다른 누구도 아닌 우리 스스로에게 낯설고 거듭 견뎌야 하는 무엇일 수 있다는 것은 꽤 무겁고 뼈아픈 일이다.

무언가 용케 몰라도 되던 것을 더는 팔자로 눙칠 수 없게 된, 꼼짝없이 무언가 알아야 할 재수 없는 경험은 어느 때고 우리 인생을 덮친다. 그럴 때는 물론 새로 배우고 또 공부하면 된다. 그리고 모른다는 것을 알고 그걸 배우는 데에는 보통 시간이 걸린다. 누군가 무엇을 배울 때 그 곁에는 항시 그런 그를 참고 기다려주는 사람이 있다. 사람을 곁에 두고 아낀다는 것은 그 시간을 그에게 베풀어준다는 의미일 것이다. 처음부터 모든 것에 마음이 열리는 사람은 없기 때문이다. 그리고 때로는 남에게 베푸는 일보다 그것을 먼저 나에게 베푸는 일이 조금 더 어려울 때가 있다.

3

박종철은 1964년 4월 1일 부산에서 태어났다. 1984년 서울대학교 언어학과에 입학한 직후 그는 지하 학생운동 서클에 가입했다. 이듬해인 1985년 5월 24일 미 문화원 점거농성에 참여했고, 1986년 4월 11일 청계피복노조가 조직한 독재정권 퇴진 촉구대회에 합류했다가 신당동 부근에서 경찰에 연행되어 성동구치소에 수감되었다. 이후 7월 15일, 징역 10개월에 집행유예 2년을 선고받고 석방되었다. 구치소에 수감되었을 당시, 박종철은 7월 8일 양친에게 보낸 편지를 통해 "저들이 저들 편한 대로만 만들어놓은 이 땅의 부당한 사회구조를 미워"하자는 말을 남겼다.[1]

1987년 1월 14일 새벽, 그는 서울시 관악구 신림동의 하숙방에서 경찰에 연행되었고, 남영동 대공분실에 끌려가 선배의 행방을 불라는 물고문을 당하다 오전 11시 20분경 질식사로 사망했다. 그의 죽음이 세상에 알려지면서 1월 26일 명동성당에서

는 '박종철군 추도 및 고문 근절을 위한 인권회복 미사'가 봉헌
되었고, 2월 7일 범국민 추도회가 개최되었다. 이러한 움직임은
전두환의 4·13 호헌조치 선언 및 그에 대한 저항과 맞물려 1987
년 6월항쟁의 도화선이 되었고, 직선제 개헌을 포함해 일련의
민주화 개혁조치가 이행되는 계기가 되었다. 그가 사망한 후 꾸
려진 빈소에서 부친인 故 박정기 씨는 조문객들에게 다음과 같
은 말을 남겼다고 한다.

"내 아들이 못돼서 죽었소. 똑똑하면 다 못된 것 아니오?"[2]

불가능한 게이

1

목욕탕 남탕, 속칭 '일반 사우나'에도 게이들은 있다. 그 일반 사우나의 수면실에도 물론 게이들은 있다. 그리고 그 수면실에서는 종종 남자와 남자 사이의 가볍고 진한 섹스가 벌어지기도 한다. 그렇다면 거기서 섹스하는 그들은 게이일까? 아니면 호모? 치한? 변태새끼? MSM?[+] 성추행 가해자? 그들은 과연 누구인가?

남자 몸을 만지거나 스스로 만져지기 위해 일반 사우나에 다닌 적이 있다. 될성부른 게이들은 이렇게 물을 것이다. 왜 찜방에 가지 않고 구태여 일반들이 득시글대는 일반 사우나에 가느냐고. 훨씬 맘 편히 제대로 섹스할 수 있는 찜방을 놔두고, 왜 하필 위험하기도 하고 공치기도 쉽고 여차하면 개망신당하는 수면실에 굳이 찾아 들어가느냐고. 맞는 말이다. 게이들에겐 찜방이라는 개명開明된 장소가 있다. 소정의 비용을 내고 들어가면 그곳에 온 다른 사람들과 자유로이 섹스할 수 있는. 일반들에게

+ 남성과 섹스하는 남성(Men who have Sex with Men)이라는 뜻이다. HIV/AIDS 운동에서 질병과 성정체성이 직결되는 형태의 낙인을 막기 위한 목적으로, HIV 감염취약군 남성을 새로 지칭하기 위해 만든 말이다.

도 이런 곳이 있다면 어떤 참신한 반향이 나올까 궁금해지는, 나름 꽤 앞서나가는 성문화라 부를 만하다. 한데 그런 좋은 데를 놔두고 어떤 이들은 왜 일반 사우나에 가는 걸까?

먼저 찜방이 있다는 걸 아예 모르는 경우가 있을 수 있다. 게이란 걸 굳이 찾아보지 않으면 평생 모르고 사는 사람들같이 찜방도 그러한 것이다. 또는 그런 곳을 알았다 해도 무섭거나 썩 내키지 않을 수 있다. 나 같은 경우 처음엔 그런 데가 있는 줄 몰랐고, 안 다음에는 거길 가는 게 무서웠다. 거기에 들어가는 순간 그야말로 꼼짝없이 게이가 될 것 같았기 때문이다. 어떠한 회의도 고민도 없이 보무도 당당히 찜방으로 들어가기에 내 성욕은 그렇게까지 미덥지 못했다. 나는 내 성욕이 얼마간 곤란했고, 그것이 곧바로 '게이'라든가 다른 무서운 언어로 딱 부러지게 고정되는 것이 싫었다. 나는 어떤 행위로 인해 무언가가 되어버리고 마는 무서운 세계에서 벗어나고 싶었다. 일반 사우나 수면실에 누워 있다 보면 왠지 이곳에서 혹시 있을 행위들은 찜방과는 달리 그저 행위로만 끝날 수 있을 것 같았다.

나와 비슷한 것을 찾는 남자를 발견하거나 기다리기에 적합한 장소는 수면실 안에서 몇 군데 정해져 있었다. 두 사람이 나란히 눕기 좋은 공간에 혼자 누워 옆자리를 비워둔 데라든가, 내가 그렇게 누워 있기 좋은 곳, 또는 사람들 눈에 띄지 않을 으슥한 곳이 적합했다. 속옷을 입지 않고 눕는 것, 옆 침상에 손이나 발을 작위적으로 걸쳐놓는 것 또한 좋은 신호가 되었다. 그런 곳을 찾아 처음에는 한 칸 건너 옆에 눕고, 몇 분 뒤 바로 옆자리에 아무렇지 않은 듯 눕는다. 그다음엔 최대한 자연스럽게, 마치 우연히 그렇게 된 것처럼 밖으로 걸쳐진 몸에 내 몸이 서서히 닿도록 한다. 몸이 닿아도 상대가 제 몸을 거두지 않으면 그땐 거의 된 것이다. 그렇게 만짐당할 의사가 있는 몸임을 확인하기 위한 길고 지난한 과정 끝에 비로소 내 몸은 누군가에게 조심스레 주물러질 수 있게 된다. 이 모든 과정을 통틀어 지나친 욕심은 금물이다. 이 행위는 어디까지나 우연히 있게 된 것이다. 그렇지 않고선 무려 게이가 되어 제 발로 찜방에 들어간 것보다 조금도 나을 것이 없으니까.

그곳에서 내 손길에 응하는 것 같던 그들, 그리고 살갗으로 천천히 젖어오는 그들의 손길에 공들여 응하던 나는 과연 누구였을까. 그곳에서 다가가는 사람과 다가오길 기다리는 사람은 엄밀히 말해 일반도 이반도 아니었고, 나아가 아니어야 했을지 모른다. 자칫하면 치한으로 몰려 손찌검을 당할 수도 있는 공간에서 한껏 위험해진 살들을 용케 쓰다듬는 일들은 애초에 모든 것이 불가능한 가운데 마치 요행처럼, 우연한 선물처럼 무언가 가능해지는 한 줄기 빛과도 같았다. 남자가 그립지만 게이가 아니어도 되는 세계. 세상 모르고 잠든 코 골음들 아래 오래 참아오던, 그러나 마지못해 응할 무언가를 기다리고 또 기다리던 불면의 밤들과, 그곳에 안개같이 자욱하던 밝은 침묵들은 꼭 그때의 나와 닮아 있었다. 그때 나는 필사적으로 모호하고 싶었고, 전력을 다해 그 누구도 아니고 싶었다.

1998년 게이업소 정보지를 표방하여 창간된 《보릿자루》는 당시 게이 커뮤니티에서 벌어지는 여러 흉한 일들을 가감 없이 실어 화제가 되었고, 안팎으로 많은 논란을 낳았다.[1] 이 가운데 자주 다뤄진 것이 바로 일반 사우나에서 뭇사람을 만지다가 문제가 불거진 경우였다. 이런 사건은 당시 《보릿자루》에 한 달에 1건꼴로 상담이 들어왔다.[2]

사우나를 색다른 방식으로 이용하던 사람들은 당시 《보릿자루》 지면을 통해 수면실에서 일반과 이반을 가려내는 노하우를 언급하였는데, 가령 "접근했는데 고추가 발기가 안 되면" "100% 일반"이므로 빨리 포기하라는 것이었다.[3] 한편 어떤 사람들은 굳이 일반 사우나에 가는 이유에 대해 "이반들보다 일반들하고 하는 게 더 낫"기 때문이라고 말했다. 그리고 끝에는 그 일반들도 결국 "소문을 듣고 찾아온 이반"이었을 것이라는 추론이 뒤따랐다.[4]

이러한 일들은 무사히 넘겨지기도 했지만, 이 일을 당한 일반 남성이 "성추행에 대한 모멸감"으로 폭행을 하는 사례도 있었다. 더불어 이러한 성적 관습은 한층 복잡한 상황을 만들기도 했는데, 이들을 표적으로 하는 조직폭력배의 공갈 협박과 폭행, 합의금 갈취 등의 범죄들이 그것이다.[5] 갈취 액수는 수백만 원에서 수천만 원에 이르렀으며, 행동대원들 중에는 숫제 "성기 성형"을 하고 수면실에서 성기를 발기시켜 만지도록 유도한 후, 협박과 감금, 폭행을 일삼는 경우도 있었다.[6] 이러한 조직범죄를

근절하기 위해 《보릿자루》는 검거에 협조해달라는 전언과 함께 담당 형사의 연락처를 싣기도 했다.[7]

그러나 조직원들이 막상 검거되더라도 기소로까지 이어진 다는 보장은 없었다. 남의 몸을 만지다 이런 식으로 걸려든 사람들은 그것의 범죄 유무를 떠나 "일반들 앞에서 자신이 커밍아웃 당하는 수치심"을 힘겨워했고,[8] 이들의 사건 진술이 미약해 조직원들이 풀려나기도 했다.[9] 나아가 풀려난 조직원들이 아우팅을 무기로 지속적으로 협박하여 돈을 뜯어내는 경우도 있었다. 《보릿자루》의 발행인은 이 같은 사건을 겪은 당사자들에게 부디 "이반 소사이어티"에서 성욕을 해결할 것을 당부했다.[10]

3

내가 마지막으로 일반 사우나 수면실에 간 게 언제였는지 정확히 기억나지 않는다. 이야기조차 못할 나쁜 기억은 정말로 깨끗이 잊히는 경우도 있으니까.

그날도 평소 하던 대로 여러 테크닉을 동원해 수면실에서 옆 몸을 만졌는데, 그 옆 몸은 큰소리를 내며 정색한 뒤 나를 바깥으로 불러내었다. 우락부락하고 어려 보이는, 으레 이런 미션을 받는다는 새끼조폭쯤으로 짐작되었다. 합의금을 내놓지 않으면 이 사실을 널리 알리겠다는 말에 나는 모든 능력을 다해 그에게 읍소했다. 상경해서 힘들게 살았고 집안이 어렵다고 호소하며 양친 얘기를 꺼내고 종국에는 눈물까지 찍어 보였다. 조금

마음이 녹은 듯 그는 나중에 연락하겠으니 전화번호를 가르쳐
달라 했고, 나는 정중히 틀린 번호를 가르쳐주고는 그 길로 황급
히 자리를 빠져나왔다. 그 후로 예전처럼 일반 사우나에서 뭇몸
을 기다리거나 손대는 일은 없게 되었다,

아직까지는.

공감의 한계

1

마음이 지쳤다는 신호들이 있다. 마음에도 엄연한 용적이 있어 힘을 퍼 쓰다 보면 고갈되는 순간이 온다. 그럴 땐 부러 자극적인 것을 본다. 인터넷을 돌아다니며 상상할 수 있는 가장 기이하고 추악한 것들을 캐보기 시작한다. 아우슈비츠 옆에서 유대인 수용자의 멸절에 성공한 수용소라든지, 중세 일본에서 천주교도들을 고문·살해한 방법이라든지, 연쇄살인마들의 범행 수법이라든지. 그런 것들을 눌러보면서도 별반 놀라지 않는 스스로를 신기해하고는, 지쳐 잠들 때까지 그 일을 계속한다.

극단적인 것을 보고 아무렇지 않은 척 넘기고는 그것들을 또 연거푸 보는 일은 마음의 힘이 많이 소요된다. 말하자면 이 버릇은 공감능력을 바닥까지 퍼올려 그 밑바닥이 어딘지 보고 싶다는 욕망에 가깝다. 이걸 보고도 충격받지 않을 자신 있어? 이래도 네가 여기에 관심을 안 쏟을 거야? 마음이 지쳐 메마른 신경을 다시 잡아당겨 못살게 구는 것은 세상에 이미 감정이입하고 신경 써야 할 게 너무 많다는 낙담과 자포자기에 대한 묘한 복수를 닮았다.

세상엔 참으로 마음 쓸 것들이 많다. 학교 수업에서 주로 가르치는 것은 사회의 소외된 약자와 소수자에게 공감의 폭을 넓히라는 주문이다. 물론 그것은 올바르고 정당하다. 그리고 공감해야 마땅할 가짓수는 쉽사리 악무한으로 늘어난다. 온라인상에는 반절만 옳거나 아예 틀려먹은 것 같은 수십 수만 가지의 악다구니가 있다. 좋은 시민이라면 모름지기 그 모두의 사정을 이해하고 그들의 이야기에 감정이입 해야만 한다. 하지만 저 숱한 쳇구멍 같은 귀신의 눈들과 구더기같이 버글대는 들꽃 하나하나에 무슨 수로 모두 공감하고 산단 말인가. 실은 열려본 적도 없는 마음이 지레 겁을 먹기 시작한다.

그러다 보면 이런 생각이 든다. 타자에 공감하려는 노력은 일종의 사치 같은 게 아닐까. 내가 아무리 진을 쏟아도 그것이 내게 돌아오지 않고, 심지어 그렇게 마음 쓸 곳이 저렇게 수천 수억 가지면 대체 난 무얼 바라 이 한 세상 남 사정 봐가며 살아야 한단 말인가. 그게 애초에 인간이 할 수 있는 일이기는 한가. 다 소용없는 짓이다. 몰라서 관심 끊는 게 아니라 알아서 더 관심 끊고 싶다. 애초에 유희로 즐길 수 없는 남의 이야기가 있기나 하던가. 나는 당신의 시퍼런 사연에 한 발짝도 놀라지 않을 자신이 있다. 타자에 공감하라니, 인간이 감히 할 수 없는 일을 마침내 하지 않기로 한 나를 신께서도 용서하실 것이다.

2

그래도 누군가에게 공감받아본 기억은 주로 따뜻하다. 카페에서, 술자리에서 마주 보며 흥금을 터놓고 서로 마음을 주고받는 것 같은 그때의 느낌은 소중하다. 나는 잠시 온라인에 널린 악플과 설전의 악무한의 세계를 벗어나 좀 더 내 몸의 온도에 가까운 세계로 돌아오기로 한다. 내 옆에 있는 어떤 사람, 처음엔 낯설다 못해 이 자가 개새끼일지도 모른다는 의심을 품던 어떤 이와 용케 친구가 되었을 때 느끼게 되는, 사람에게 공감해야 할 이유란 아주 명확하고 직관적이다.

그러므로 나는 이제 내 공감능력의 주인이 되어보기로 한다. 필요할 때는 그것을 사용하고, 고갈되었을 때는 앉아서 쉬기로 한다. 내 감응능력에는 한계가 있고, 내 혼은 아무것이나 비추어도 묵묵히 상을 떠우는 영사막이 아니다. 따라서 어느 순간에 당신의 어떤 삶과 고통과 죽음은, 미안하지만 나에게 끝내 무의미할 것이다. 다만 그때의 내가 지친 것일 뿐이고, 한 번에 모든 것을 향해 나를 열 수는 없었을 따름이다. 그리고 삶의 축선 위에서 언젠가 우리는 서로를 다시 공감하는 날이 올 것이다.

그제야 막혔던 숨이 좀 쉬어진다. 물론 내 공감능력의 깜냥을 내가 온전히 알 수는 없겠지만, 적어도 도무지 인간의 몫이 아닌 것만 같던 공감의 길이 사람이 걸을 수 있는 길로 눈앞에서 새로이 닦이는 광경을 본다.

낯선 이, 낯선 사회를 이해하려 마음의 힘을 기울이는 일은 쉽지 않다. 그것이 아무리 올바른 일이더라도 기본적으로 쉬운 일일 수는 없다. 더불어 그 공감의 한계는 넓어지더라도 서서히 넓어지고, 넓어지는 계기 또한 어떤 대단한 가르침이 있어서라기보다는 사소한 것들이기 쉽다. 우연히 만나 알게 된 어떤 사람의 사정이 마음속을 때리는 순간이 사람에겐 반드시 있다. 그 한 꽃의 계기, 그를 위해 소요되는 얼마간의 시간, 그 시차를 기다리는 일은 당장 공감을 주고받는 일만큼이나 중요하다.

저것들은 죽어도 이해하고 싶지 않다고 생각되는 때가 있다. 세상에 개새끼들은 공기 중의 바이러스처럼 늘 존재하는 상수이고, 다만 그것들 중 하나에 유독 매콤하게 반응하게 되는 때가 있다. 그것과 관련된 공감이 좌절되고 마음을 다친 기억들 뒤에 보통 그런 위악적인 단절이 따라붙는다. 그 기억 속에서 혼자 외롭던 당신을 한 번쯤 위로하고 싶은 마음이 든다. 그때 당신은 마음의 힘이 없었고, 필시 당신은 그때 그럴 수밖에 없었을 것이다.

한 번에 모든 걸 이해하지 않아도 된다. 어차피 우리는 앞으로 살면서 숱한 타자를 만나고 그들에 좋든 싫든 공감해가며 살게 될 거다. 그러니 네깟 것 알고 싶지 않다며 스스로를 미워하는 일일랑 그만두고, 오늘은 그루터기에 앉아 잠시 숨을 고르고 신발끈을 고쳐 매두자. 힘이 없는 건 죄가 아니므로, 우리는 수명이 정해진 이 몸과 마음을 때론 이 풍진 길가에 뉘어 잠시 쉬어도 된다.

'퀴어queer'라는 말은 1996년경 한국에 처음 소개되었다. 그것은 "이성애 제도에서 소외된 성적 소수자",[1] 이성애자와 다른 성소수자 고유의 문화적 다양성[2] 등의 맥락으로 쓰였고, 1997년 제1회 퀴어영화제 기획을 통해 이 단어가 처음 공식 행사명에 사용되었다.

'퀴어'가 성소수자 정체성을 아우르는 말이면서 동시에 그 사람들 사이의 차이를 드러내는 말뜻을 지닌 까닭에, 이 말은 이른바 LGBT 안에서 거듭 발생하는 권력의 차등과 소외를 설명하는 말로도 사용되었다. 가령 동성애자에 의해 "변덕스러운 연인", "어느 순간 이성애자로 변해버리는 퀴어들의 배신자"로 여겨지는 바이섹슈얼은 다름 아닌 "퀴어 속의 퀴어"라는 주장이 그것이다.[3]

더불어 레즈비언은 게이와 달리 "여성으로서, 동성애자로서" "이중의 탄압"을 받고 있고,[4] 대학 성소수자 동아리에서 게이들이 여성학을 "성정치"의 일환으로 사고하지 않으며,[5] 게이들이 "여성 억압과 차별 경험"에 대한 의식이 없어서 "연대하는 데 장애로 작용"한다는 증언도 잇따랐다.[6] 한편 레즈비언을 포함한 동성애자들이 트랜스젠더를 소위 "좋아하지 않"는 이유를 분석한 글에서는, 동성애자는 정체화 이후 "자기 성을 긍정적으로" 생각하는 반면, 트랜스젠더는 "자기 성을 싫어"하는 사람이라며, "뭔가 문제점을 가진 사람이 아닌지" 생각된다는 주장이 제기되기도 하였다.[7]

그런 난관에도 불구하고 '퀴어'는 오늘날 한국의 성소수자 인권운동에서 널리 쓰이는 핵심 키워드로 자리잡았다. 오늘날 한국에서의 '퀴어'는 대체로 이성애·시스젠더 규범을 위반하는 비규범적 성적 실천을 가리킴과 동시에, 그 실천의 주체들인 다양한 성적 지향·성별 정체성 그룹이 서로의 존재를 인지하고 이해하며 서로의 차이를 상호 존중하는 감각을 뜻하는 맥락으로도 사용된다.[8]

한편 2008년 5월 17일, 성적 지향 및 성별 정체성에 따른 차별금지조항이 포함된 포괄적 차별금지법 제정을 위해 성소수자 차별반대 무지개행동이 결성되었다. 무지개행동은 출범선언문에서 "우리란 이름 안에 다양성이 무한"하다는 것을 인지하고, "우리 안의 마주침과 부딪침"을 통해 열리는 "새로운 가능성"과 "서로에게서 배우"는 "나눔의 과정"을 소중히 여길 것을 천명하였다. 또한 "고정된 성별 이분법, 이성애주의, 가부장제가 만들어내는 인간성 침해, 기본권 침해에 저항"할 것과 동시에, "매일의 작은 변화를 소중히" 여기고 "가장 구체적인 현장에 있을 것이며, 개인의 고민을 소중히 여길 것"이라 강조하였다. 무지개행동은 2021년 현재까지 한국 성소수자 인권운동의 대표적인 연대체로 활동 중이다.[9]

게토의 생식

종태원⁺의 주말은 대체로 즐겁다. 이성애 사회에 이리저리 치이고 난 주말 밤 종태원에서 게이들끼리 놀고 있으면 그렇게 즐거울 수가 없다. 다른 공간도 아닌 여기에 왜 구태여 모여야 즐거운지에 대해 거기 있는 사람들은 사실 대강 알고 있다. 이곳 바깥의 세상이 우리에게 호의적이라면 딱히 여기에 모여 있을 필요도 없을 테니까. 소수자가 어디로 도망 온 데에는 그만한 이유가 있고, 농축된 즐거움이 고인 곳일수록 그 안팎에는 농축된 억압이 있다. 더불어 그 즐겁고 비참한 공간이 조금 더 아름다웠으면 하는 사람들이 있다. 하지만 그 기대는 연약하고, 부서지기 쉽다.

왜냐하면 나도 좋은 것만 보고 살고 싶고, 나도 남 신경 쓰고 싶지 않고, 나도 내 감정 챙기기에 벅차고, 나도 남 흉한 일은 별로 보고 싶지 않기 때문이다. 나 하나 이해받기도 이리 힘든 세상에서 남을 보아달라는 게 얼마나 허황된 말로 들릴지, 나 이외의 현장을 보아달라는 말이 얼마나 버거울지, 공감의 폭을 넓

혁달라는 말이 얼마나 가당찮을지가 충분히 예상되기 때문이다. 세상의 억압을 피해 이곳에 모여 모처럼 즐거운 이들에게 그런 걸 끼었어야 한다니, 좀처럼 입이 떨어지지 않는 것이다. 그런 공간에서 구조와 인권을 얘기하고 만듦새를 얘기하는 게 얼마나 어려운지는 그걸 말하는 각자가 어쩌면 가장 잘 알고 있다. 그런 얘기를 하기 전에 스스로도 늘 싸우는 질문들일 테니까.

소수자로서 살아본 사람들은 사람이 얼마나 빠르게 밑바닥을 보이는지, 얼마나 빠르게 인간으로서의 연민을 폐기 처분하는지 대강 알고 있다. 인간이 인간을 얼마나 대충 취급할 수 있는지, 그리하여 그들에게 뭘 보아달라고 하는 게 얼마나 위험한 일인지를 모르는 퀴어는 드물다. 자기 운을 탓하기 전에 애초에 인간이 얼마나 뜬금없는 존재인지, 겉으로 멀쩡해 뵈는 인간의 삶이 실은 얼마나 끊어지기 쉬운 힘줄로 버텨지는지를 퀴어들은 안다. 그리고 그걸 안다는 사실이 가끔은 서글플 때가 있다.

인간에게 뭐가 없다는 걸 이미 알고 있으면서 인간에게 매인 아름다운 것들을 이야기하기란 힘들다. 하지만 한편으론 뭐가 없기 때문에, 뭐가 없는 그 자리에 커뮤니티에 대한 신뢰와 시민이 갖춰야 할 교양과 눈앞의 사람이 전부인 명 짧은 로맨스를 매번 애써 들이붓는다. 인생에 정말로 아무것도 없는 허무란 고통스러우니까. 말하자면 알고서도 속는 노역을 매번 감수하게 되는 거다. 알고 속는 건 힘들지만, 적어도 뭐가 없는 것보다는 나으니까. 그런 매캐한 허무가 실제로 어떤 빛깔인지, 살아 있는 것이 헛되다는 생각이 때로는 사람 숨을 못 쉬게 만든다는 게, 그게 결코 과장이 아니라는 걸 퀴어들은 알고 있으니까.

　마음속으로 이미 박살이 나도 괜찮을 것 같은 세계를 부여잡고, 애정을 붓고 살갑게 비판하고 짐짓 타자에 대한 공감을 권유하는 일은 힘들다. 죽을 때까지 나를 설명해야 하는 스트레스 가운데, 삶 전체가 농담처럼 휴지통에 구겨 넣어지는 가운데서도 무언가 의미 있는 삶을 살아보자고 말하는 일은 어렵다.

　내게 주어지지 않았던 좋고 아름다운 것들을 너만은 꼭 가졌으면 좋겠다고 말하는 것이야말로 인류가 수천 년 동안 부모 자식 간에 대물림해온 흰소리다. 정이 떠나버린 세계가 그래도 아름답기를 바라는 퀴어들은 어쩌면 자기 자식을 한 번도 품에 안아보지 못한 부모를 닮았다. 자식이 결국은 내 삶을 건져주지 않는다는 것을, 자식이 생기기도 전에 너무 일찍 깨달아버린 부모를 닮았다.

　자식이 있든 없든 삶은 헛되고, 그런 삶의 조건을 선별적으로 잊고 사는 게 인생의 숨은 요령이라는 것을, 그리고 자신은 이미 그렇게 할 수 없는 존재임을 어렴풋이 알아버린 사람들이, 지나가는 하룻밤 먼지 같은 자들에게도 부모 노릇을 감수하기 시작해 비로소 하나둘씩 만들어진 둥지가 바로 오늘날의 이곳 종태원인지도 모르겠다. 돌아오지 않을 거라는 걸 막연히 예감하고서도 아낌없이 쏟아붓던 가쁜 정들의 거미줄이 그리도 자욱해서, 가끔은 그 공간이 시리도록 숨이 막힐 것 같았는지도 모르겠다.

2

1999년 7월 1일, 게이업소 정보지《보릿자루》는 서울의 종로·이태원을 비롯하여 전국 150여 개 '이반업소'를 대상으로 인터뷰를 실시하였고, 이를 통해 업주들의 속마음을 담은 기사를 통권 9호 지면에 게재했다. 발행인의 언급에 따르면 취재 당시 업주들이 부담을 느낄까 걱정했으나, 대부분의 업주들은 인터뷰에 진지하고 솔직하게 임했다고 한다.

기사에서 적지 않은 업주들은 "술집에서 일한다"는 손가락질, "부킹을 시켜주지 않는다"는 손님의 진상짓, "저급한 인간으로 치부당하고 무시당하는" 고충 등을 토로했다. 더불어 '이반업소'를 "기지촌"이나 "몸 파는 호스트바"처럼 여기는 일부 손님의 태도나 "당신이 마음에 든다"면서 추근대는 행태들도 지적했다. 또한 업주들은 스스로 "경멸감과 수치심"을 안고 있는 손님의 경우나, "너무 일찍부터 모든 것을 포기하고 아예 이쪽에만 죽치고 사는 젊은이"는 보기 좋지 않다고 입을 모았고, 같은 "이반들"끼리 "제발 좀 사기 치고 다니지 않았으면 좋겠다"는 의견도 있었다. 급기야는 "관할 구청이나 경찰들에게 나간 돈도 만만치 않았"다는 고발도 이어졌으며, 이런 업소를 "절대로 하지 말라"고 충고하거나 "외국 가서 운영하고 싶"다는 업주들도 있었다.

한편 "젊은 이반들의 배움터와 교양이 있는 곳으로 만들"고자 개업했다는 곳들도 있었다. 손님 중 단골이 되어 "특별한 날을 챙겨주기도 하는 고객", "이따금 고마웠다고 다시 찾아와주는 고객"을 만나면 흐뭇할 때도 많았다는 언급도 주목된다. "맨

처음 이반 사회 안으로 두렵고 떨리는 마음으로 발을 내디디는 이반들"에게 여러 가지 조언도 해주면서 "이반으로 살아가야 할 노하우에 대해 도와주"었을 때, 그 손님이 "몇 개월 혹은 1년 뒤에" "정말 고맙다고 꽃을 들고 오는" 경우도 있었다고 하며, 그럴 때 업주들은 "이런 손님들의 자그마한 성의에 크게 감동"하게 되었다고 전했다. 또 어떤 곳은 "인권단체에서 이반업소를 무시하는 경우를 자주 보"는데, "제발 안 그랬으면 좋겠"다는 의견을 밝히기도 했다.

이러한 업주들의 의견에 대해《보릿자루》는 '이반업소'들이 "한국의 이반문화에 대한 책임의식이나 한국 이반인권에 대한 관심과 참여 의지를 보여주어서 가슴이 뭉클했"다는 소회를 밝혔다.[1]

2 부

세상 사이의 은둔

여성스러움의 낙인

1

종태원에 나오고 나면 은둔 시절의 기억이 잘 나지 않는 경향이 있다. 내 처지가 바뀌었거나, 시간이 너무 오래되었거나, 혹은 적극적으로 까먹고 싶었거나, 굳이 들추기 싫은 과거로 그것들 모두를 밀어두고는 밀어두었다는 것도 잊은 채 머릿속을 까맣게 비워버리는 것이다. 그중에서도 유독 잘 떠오르지 않는 기억들이 있다. 무슨 영문일까.

적지 않은 게이들은 학창 시절 급우들에게 여성스럽단 이유로 놀림받는다. '호모'니, '김마담'이니 하며 난생처음 들어보는 호칭들이 귓전을 따갑게 메울 때, 혹은 양친이나 친지들이 남자답지 못한 행실을 지적하며 고칠 것을 주문할 때, 그때 나는 무슨 생각을 하고 무슨 감정에 휩싸였을까. 아무리 기억을 되돌려봐도 도무지 떠오르지가 않는다. 마치 여러 번 검게 덧발린 방안에 혼자 서 있는 기분이랄까. 혹은 그런 기억이 애초부터 아예 없었던 듯도 하다.

가령 어떤 사내아이가 '여성스럽다'고 놀림받을 때, 그때 그 아이는 무슨 생각을 할까. 놀림받지 않으려면 여성스럽기를 그만두면 될 텐데, 어떻게 하면 여성스럽지 않을 수 있을까. 또래

보다 살짝 높은 목소리 톤을 낮추면 되나. 아니면 컵을 들 때 살포시 올라가는 새끼손가락을 붙잡아두면 되나. 혹은 무언가에 놀랐을 때 나도 모르게 터지는 '어머나'란 감탄사를 다른 말로 바꾸면 될까. 단속해야 할 몸가짐의 수는 금세 기하급수적으로 늘어난다.

그러나 그런 '여성스러움'들은 아무리 의식하고 막아본들 미처 통제하지 못한 순간순간마다 불쑥 튀어나온다. 사람이 어떻게 자기의 보이는 모습 전부를 통제할 수 있을까. 사내아이는 훗날 기억하지 못할 낙담과 실의에 빠진다.

어느 날 그 사내아이는 꿈을 꾸었는데, 빨간 물방울 무늬의 원피스를 입은 채 시내 한복판에 덩그러니 방치되는 꿈이었다. 그는 자신의 차림을 알아차리곤 골목 안으로 숨었다가, 혹여나 알아보는 이가 있을까 두려워 재빨리 골목에서 골목으로 몸을 숨기며 집으로 향한다. 그러나 집까지 가는 길은 너무 멀어, 채 몇 블록을 넘기도 전에 식은땀을 흘리며 잠에서 깬다. 잠에서 깬 아이는 제 안의 아직 들키지 않은 여성스러움을 움켜쥐고선 그제야 안도의 한숨을 내쉰다.

남자답게 보이고 싶단 욕망을 끝내 포기하지 못한 사내아이에겐 주로 두 가지 선택항이 있다. 첫째는 그것이 끝내 불가능하리란 걸 알면서도 어쨌든 최대한 여성스럽게 보일 부분들을 의식적으로 통제하는 것이다. 여성스러워 보일 부분은 앞서 말했듯 악무한에 가까우므로, 통제할 수 없는 걸 통제하겠다는 강박은 날로 깊어진다. 또는 다음의 두 번째 방법도 있는데, 자신의 머릿속에서 스스로가 '여성스러울 수 있다'는 가능성 자체를 지워버리는 것이다. 여성스러워 보일 외양 모두를 지울 수 없다면 아예 내 쪽에서 그것을 인지하고 해석할 여지를 없애버리는 것이다. 그렇다면 최소한 나는 그 '여성스러움'을 의도하지는 않은 것이 되고, 따라서 나는 결백하다. 왜냐하면 나는 애초에 '여성스러움'과는 관계가 없는 사람이니까. 그런 걸 생각조차 못해본 사람이니까.

그렇게 살아온 게이가 파트너를 만날 때가 되면 자연히 '일틱'한 사람을 찾고, 당연히 본인도 '일틱'해 보이기를 원한다. 물론 그런 바람이 언제나 성공하는 것은 아니다. 어느 날 나는 게이앱에서 본 '일틱'한 사진과 만나기로 했는데, 약속 장소에 나온 그는 짐짓 뽀얀 살결을 지닌 오밀조밀한 친구였던 것이다. 사람이 무언가에 실망하거나 당황할 때는 미처 통제하지 못한 자신이 드러나기 마련이다. 나는 그에게 여배우에 빙의된 말투로 다음과 같이 말한다. "되게 여성스러우시네요."

여성스럽다는 게 뭘까. '여성스러움'은 과연 실체가 있는 개념일까. 그리도 수없이 들어오고 써온 말인데 돌이켜보면 그 속뜻은 모호하기만 하다. 그래도 이것 하나는 분명한데, '호모'라 놀림받아본 사내아이에게 자신이 '여성스러워 보인다'는 것은 곧 나쁘고 불길하며 냄새를 풍기고, 이야깃거리가 되고, 흘끔거리는 시선을 받고, 여차하면 자신이 헤집힐 수도 있는 것이며, 따라서 아무쪼록 내 것이 아니어야만 하는 무엇이다. 쉽지 않은 유년을 지낸 적지 않은 게이들은 '여성스러움'이 뭔지는 잘 몰라도 자신이 '여성스러워 보인다'는 것이 무슨 의미가 되는지는 누구보다 잘 아는 사람들이다. 너무 잘 아는 나머지 그것을 정말로 까맣게 잊어버리고 살 수 있을 정도로.

2

한국일보 기자이자 수필가인 박갑천은 1973년 한국어 단어 80개의 어원을 다룬 저서를 출간하였다. 책에는 성매매 여성을 뜻하는 '갈보'라는 비칭의 어원이 소개되었는데, 빈대蝎처럼 성구매자의 "정신과 돈의 피"를 빨아먹는다는 뜻으로, "암수 가릴 것 없이" 돈을 매개로 "웃음을 팔고 몸을 파"는 사람을 가리킨다고 저자는 설명하였다.[1] 한편 1990년대 말 창간된 '동성애 전문지' 《BUDDY》에는 남성 동성애자를 비하하는 말인 '보갈'의 어원이 소개되었다. 이는 앞서 언급한 '갈보'를 뒤집은 것으로, 동성애자들이 자신을 드러낼 수 없었던 시절 "성관계가 복잡한 사람",[2] 혹은 "빈번한 섹스, 게토화된 공간의 축축함" 등에 비추어 자신의 처지를 성매매 여성에 비유해 부른 말이라고 《BUDDY》는 설명했다.[3]

　대한제국 말기 유랑 예인 집단이던 남사당패는 남성 단원끼리의 동성애가 공공연하게 수행되었던 것으로 알려졌는데,[4] 이 남사당패와 종종 함께 유랑하던 여사당패의 경우 공연을 선보인 지역에서 여성 단원들이 성매매를 수행하기도 했다.[5] 일제

강점기를 거쳐 대한민국 정부 수립 이후 남성 동성애를 수행하는 당사자들은 종로3가와 이태원 등지에 모여들었는데, 이곳은 내·외국인 성구매자 남성에 의해 조성된 성매매 집결지이기도 했다.[6] 더불어 남성 동성애자를 뜻하는 또 다른 말인 '길녀'는 거리 성매매를 수행하는 여성처럼 길거리에서 즉석만남cruising을 시도하는 게이를, '탑돌이'는 종로3가 탑골공원 근처에서 성매매 여성과 유사한 방식으로 동성 파트너를 찾아 배회하는 게이를 뜻했다. 이러한 명칭을 비롯해 게이 스스로 성매매 여성의 습속을 차용한 표현과 수행들은 게이 커뮤니티 문화에 현재까지 남아 있다.[7] 또한 보건 당국은 성병 유병률 조사 대상 인구집단 등을 통해, 성병 감염이 유발될 수 있는 비규범적 성적 실천의 당사자로서 남성 동성애자와 성매매 여성을 나란히 호명하였다.[8]

한편 《BUDDY》편집부는 창간 직후인 1998년, 과거의 게이 업소와 하위문화에 대한 글을 총 4회에 걸쳐 연재하였다. 그해 6월호에서 《BUDDY》편집부는 어두운 과거를 들춘다며 항의하는 독자 의견에 답하면서, "동성애의 역사가 음습한 지하에 머무를 수밖에 없었던 것은 개인적인 자질의 문제가 아니라 사회가 이를 받아들이지 않음에서 기인한 것"이고, "손가락질과 탄압으로 숨죽일 수밖에 없었던 그 시대를 받아들"이고 "사랑"하는 가운데 "반성하고 고쳐야 할 것들을" 준별하는 일이 필요하다는 연재 기획의 변을 밝혔다.[9]

3

1990년대 초반 동성애자 인권운동이 태동할 당시, 인권운동단체들은 "동성연애"와 "동성애"라는 말을 서로 분리해 사용하였다. 가령 "동성연애"가 동성 간의 성행위에 초점을 맞춘 말로 당대에 사용되었다면, "동성애"는 성행위를 비롯해 두 사람이 갖는 감정적 유대와 친교, 나아가 그 관계의 사회적 인정까지를 겨눈 말로 사용되었다. 이는 동성애자의 삶을 '섹스'로만 국한하는 것이 부당하며 동성애자 또한 여느 인간과 같이 다양한 삶의 국면을 지닌다는 의도가 깔린 것이었다.[10]

그러나 이성애자와 구별되는 동성애자의 '섹스'를 말하는 것 역시 중요했는데, 그렇다면 과연 동성애자의 섹슈얼리티를 어떤 방식으로 드러낼지가 당시의 논점이었다. 가령 노골적인 성애를 드러내야 할지 말아야 할지, 혹은 찜방 등 게이업소에 대해 '인권운동'이 어떤 정견을 가져야 할지에 대해 당대 동성애자 인권운동과 동성애자 커뮤니티 안에서는 서로 의견이 분분했다.

그중 게이업소 정보지를 표방한 《보릿자루》는 인권운동의 이름으로 동성 성애를 드러내고 게이업소를 적극적으로 끌어안아야 한다는 입장을 가지고 있었다. 한편 이러한 노선에 반대하는 게이들 또한 많았는데, 이러한 입장을 반영한 독자 의견이 같은 잡지에 실려 주목된다. "오늘을 사는 동성애자"라고 밝힌 이 필자는 《보릿자루》가 국내외의 게이 "싸우나" 정보나 "엽기적이고 변태적인 누드사진"을 게재하는 것을 두고, 이는 "변태적 성도착증"이며 이런 것을 옹호하는 이는 "결코 이반이 될 수 없다"

고 못 박았다.

또한 "게이"의 핵심적인 속성이 '남성성'임을 반복해서 강조하였는데, 그의 주장에 따르면 "게이"란 "정신과 육체가 남성인 남성"이 "정신과 육체가 남성인 자를 사랑하는" 경우로 한정되었다. 따라서 이 정의에서 벗어나는 이들은 "온갖 종류의 변태적 성행동양식"으로 규정되었으며 거기에는 "정신과 육체"가 "남성"이 아닌 것으로 파악되는 "트랜스", "오까마 おかま"⁺가 포함되었고, 나아가 "SM", "페티쉬" 등도 지목되었다. 이들의 존재는 "진정한 동성애 인권운동"과 결단코 분리되어야 한다는 것이 이 필자의 생각이었다.

편집상의 실수로 이 글은 "독자들의 한마디"에 두 번 중복되어 실렸으며, 글은 다음의 구절로 끝을 맺는다.

"'변태는 가라 게이만이 남아라.' 이것이 행동강령이 되어야 한다."[11]

⁺   게이나 여장남자를 비하해 부르는 말.

어떤 120%의 인생
─故 변희수 하사를 기억하며

1

2005년 군대 상병 때 몸무게가 71킬로그램이었다. 그 시절 나는 어깻죽지를 한껏 들어 올리고 뱃구레의 살을 더 빼야 한다고 생각했다. 얼굴이 거의 해골 지경이었는데도 체중 감량을 생각하는 스스로가 생경했던 기억이 있다. 평생을 찐 몸으로 살다가 헤로인 시크heroin chic 스타일이 어울릴 만한 체격을 처음 가져본 해였다.

작년에 이르러 어깨 신경이 심각할 정도로 닳아 오른팔로 식기를 들어 올릴 수 없을 즈음에 와서야, 나는 그간 축적된 몸에 해로운 운동습관을 체크하기 시작했다. 가슴 근육을 들어 올리고, 스트레칭을 제때 하지 않는 습관으로 인해 어깨와 상체의 각도가 비정상적으로 뒤틀린 것이 가장 큰 이유였고, 살이 붙은 몸으로 예전의 운동량을 무리하게 반복한 것도 중요한 원인 중 하나였다.

왜 이런 기이한 자세를 취해왔는가를 되짚으면서, 나는 내 몸이 남들에게 '팔리기 좋을' 몸의 형태였으면 하고 바라왔음을 알았다. 가슴은 크고 허리는 잘록한, 여성 독자들 앞에서 성기가 삭제된 채 즐거이 성애를 나누는 야오이의 주인공 같은 몸매가 내 어렸을 적엔 호모판의 트렌드였고 나는 그걸 간절히 갖고 싶었다. 그게 얼마나 이상한 도착이었는지 깨닫기 전에 이미 내 몸엔 살이 붙었고, 누가 봐도 아름답지 않은 몸이 되고서야 내 몸에 붙은 코드가 하나둘 떼어지는 홀가분한 느낌이 들었다.

사람은 누구나 자신의 몸과 불화하며 산다. 내가 원하는 몸과 나의 몸은 언제나 다르고, 남들 눈에 그럴싸한 몸과 실제 내 몸은 더더욱 다르기 일쑤다. 앞에 써놓은 내 경험 또한 따지고 보면 내 몸에 대한 '위화감'의 일종이다. 더불어 생각해보면 그 핵심에 있는 건 결국 '남들에게 팔리는' 몸이었으면 하는 욕심이었다. 그런데 남이 문제가 아니라, 무려 수술을 통해서라도 비로소 '내가 되고 싶은' 욕망에 자기 성기를 수술하거나 그럴 마음을 먹는 사람이 있다니, 그 깊이는 차마 짐작조차 되지 않는 것이다.

물론 내 사소한 위화감을 트랜스젠더가 겪는 위화감에 빗댈 생각은 전혀 없다. 시스젠더로서 내가 결코 가닿을 수 없는 인생에 대해, 다만 내가 선 위치에서 내 경험을 통해 조금이라도 닿아보고 이해해보고 싶었을 뿐이다. 나는 남자 좆을 빨고픈 남자인 점을 제외하고는 성소수자 가운데 남성이자 시스젠더로서 짐짓 특권적 위치에 있는 인간일 따름이다. 그리고 오늘 들른 게이바에는 드랙을 한껏 차린 게이 여러 명이 옆 테이블을 차지하고 놀았다. 나는 그 광경이 묘하게도 그 옛날부터 이어져온, 여기 오늘의 변 하사에 대한 종로 버전의 추모와도 같다고 생각했다. 게이 커뮤니티가 과거든 현재든 성별 비순응과 끈질기게 연결돼 있다는, 입에 올리기도 새삼스런 사실 말이다.

2

변희수 하사는 2019년 11월 복무 중 국외 휴가 승인을 얻고 태국에서 성별 재지정 수술을 받았다. 6군단장 이하 소속 상관들이 사전이든 사후든 그녀의 결정을 어느 수준까지 인지했는지는 모르지만, 정황상 그녀의 성별 정체성과 수술 결정에 대해 부대 내에 어느 정도의 지지 그룹이 있었으리라는 합리적인 추측은 가능하다.[1] 그 이유는 다음과 같다.

성소수자들은 보통 커밍아웃 이전과 이후의 인간관계에 변화가 생긴다. 나만 해도 서른 살에 게이로 정체화하고 커밍아웃한 이후 기존 인맥의 70%가 썰려 나갔다. 거기엔 내가 알던 인간이 실은 호모였다는 그들 입장에서의 당혹감도 있겠지만, 내 핵심에 대해 끝내 침묵하거나 거짓말로 일관한 채 꾸려온 관계에 대한 내 입장에서의 환멸도 있었다. 트랜스젠더, 특히 바이너리 트랜스젠더[*]의 경우는 이러한 격절이 더욱 심각하다.

우선 많은 트랜스젠더 여성들이 비용적·신체적 부담에도 불구하고 성별 재지정 수술을 받는 핵심적인 이유 중 하나가 바

---

[*] 바이너리(binary) 트랜스젠더는 자신이 정체화한 성별이 남성 또는 여성 어느 한쪽인 트랜스젠더를 일컫는다. 논바이너리(non-binary) 트랜스젠더는 정체화한 성별을 남성이나 여성 어느 한쪽으로 규정짓지 않는 트랜스젠더를 뜻하며 트랜스젠더퀴어, 혹은 젠더퀴어라고도 한다.

로 군대다. 내가 원하지 않는 성별로 고된 군생활을 버티길 달가
워할 당사자는 많지 않기에, 많은 경우 "고환 제거 및 음경 훼손"
이라는 군 면제 요건을 입대 전에 어떻게든 수용하게 된다. 나
아가 외과적 수술을 마친 트랜스젠더 여성에게 수술 이전, 소위
'남자' 시절의 실명이나 그때의 이야기를 본인이 원하지 않는 맥
락으로 남이 입에 올리는 것은 대단한 무례다. 세상에 무신경한
인간들은 먼지처럼 존재하기에, 트랜스젠더들은 대개 자신이
정체화한 성별을 수행하는 시점에서 자신의 인맥을 정리하게
된다.

물론 이론가들의 말처럼, 커밍아웃 이전과 이후의 인생은
말처럼 그리 딱딱 나뉘지 않고, 실제 경험을 비추어봐도 그러하
다. 그리고 그보다 중요한 것은 많은 성소수자들이 커밍아웃 이
전과 이후를 스스로 분절적인 것으로 상상하고, 나아가 당사자
들 스스로가 이를 '원한다'는 것이다. 사실이 아닐 수도 있는 그
분리를 '원하여' 커밍아웃 이전의 인간들과 작별하는 성소수자
의 결정은 당연히 당사자 한 사람의 의지로 요약될 수 없다. 이
는 일견 사소해 보이는 커밍아웃이 왜 그리도 중요한 선언이 되
는지, 성소수자 스스로 드러난 삶을 사는 데에 어떤 권력이 작용
하는지에 대한 또 다른 증거다.

그 모든 걸 몰랐을 리 없는 변 하사가 군복무 중 수술을 받
았다는 사실이 놀라운 이유가 바로 여기에 있다. 휴가 전에 만난
부대원과 휴가 이후에 만난 부대원이 서로 같은 인간들이라는
점 말이다. 직군은 아니고 사병으로 만기 전역한 터이지만, 나는

군복무 시절의 어떤 인간과도 두 번 다시 보고 싶지 않다. 그에 비해 그녀는 수술 이전 군대에서 자신이 맺은 어떤 관계와도 작별하려 하지 않았다. 직장에서 커밍아웃한 게이가 드문 것은 물론이고, 수술 전과 후를 모두 아는 직장 동료들과 계속 얼굴 보고 지내기로 마음먹는 트랜스젠더는 더더욱 드물다. 이것이야말로 그녀가 그녀를 둘러싼 사람과 조직을 얼마만큼 사랑했는가에 대한 방증이다.

말하자면 그녀는 자신이 처한 상황과 성별 정체성을 회피하지 않고, 자신이 맺은 인간관계를 허투루 잘라내지도 않은 셈이다. 그런 용기는 아무나 낼 수 있는 것이 아니다. 부대원 중 일부가 그녀의 결정을 지지하고 응원했다는 것만큼이나, 그녀 스스로 그렇게 마음먹고 행동할 수 있었다는 것 자체가 곱씹을수록 대단하다. 그녀는 그렇게 성소수자로서 그녀에게 주어진 삶을 120% 살아낸 사람이다. 그리고 국방부는 그 모든 걸 하루아침에 뒤집었다.

3

성소수자들이 게토에 모이는 이유는 그곳에서라도 스스로 자연스런 존재이고 싶기 때문이다. 그저 처음부터 거기에 그러고 살았던 사람처럼, 그게 너무도 당연하게 여겨지는 동네가 이 하늘 아래 애석하게도 그곳밖에 없기 때문이다. 길가의 돌이 스스로 돌임을 설명하지 않고, 이성애자들이 스스로 이성애자임을 설명하지 않듯이, 애써 남에게 나를 설명하지 않아도 되는, 나를 그저 하나의 자연으로 놓아두어도 되는 시간이 그들에게도 필요하기 때문이다.

성소수자의 커밍아웃이 그 자체로 운동이 되고 선언이 되는 이유는, 그것이 앞서 말한 저 모든 걸 뚫고 남에게 또 다른 '부자연'으로 받아들여질 스스로를 감수하는 일이기 때문이다. 한 사람의 커밍아웃으로 이성애 사회의 구조적 억압이 사라질 리 없음에도, 그것이 조금이라도 허물어지길 바라는 마음으로 자신에게 쏟아질 여러 불편과 시선을 감내하는 일이기 때문이다. 그러므로 어떤 일반이 나는 준비됐는데 왜 내게 터놓고 살지 않느냐 묻는다면, 슬프게도 이 사회는 한낱 당신의 선의로 구성돼 있지 않고, 나아가 그것은 높은 확률로 선의가 아니라 무지에서 나온 것이라 답할 수밖에 없다.

부대 내에서 부사관의 몸으로 자신의 성별 정체성을 그토록 집요하게 부대원들에게 설득했을 고인의 심중을 생각한다. 그녀 또한 길가의 돌처럼 원래 그 자리에 그런 형태인 것이 당연한 존재이고 싶었을 것이다. 게토가 아니라 자신의 직장에서 그런 자연을 꿈꾸는 사람은 드물기에, 그녀의 강단이야말로 생전의 그녀가 언급한 "기갑의 돌파력"에 값하는 것이었다. 그런 그녀가 어느 날 숨진 채 발견되었다. 성소수자라면 자기 인생의 120%를 산 사람도 이렇게 죽을 수 있음을 증명이라도 해낸 듯이.

이 넓은 도시에 마치 정붙일 곳이 이곳 하나뿐인 듯 종태원을 드나드는 스스로를 보며, 이곳의 커뮤니티가 실은 얼마나 위태로운 자연인가를 생각한다. 여기의 농축된 즐거움이 성소수자의 사회적 위치에 대한 호조건이 아니라 악조건에서 나온다는 것을, 그 존재 조건의 실체를 새삼 직시하는 일은 언제나 불편하고 괴롭다. 그리고 생각한다. 그런 일련의 것들을 모르고 싶은, 차마 드러나고 싶지 않은 욕망도 때론 자연일 수 있을까. 그렇게 거듭 나를 잊어가면 비로소 내가 그토록 원하던 자연에 다다를 수 있을까. 자기를 잊지 않으려던 한 사람을 잔인하게 타살하는 사회 앞에 모골이 송연해진 채로 생각한다. 잊어야만 살 수 있는 세상이 아닌, 이 숱한 존재의 피로를 더는 겪지 않아도 될 세상으로 간절히 가고 싶다고.

4

2018년 8월 4일, 성소수자의 임신·출산 등 재생산권 관련 사례 및 주요 쟁점을 다룬《Once and Future Feminist》가 미국에서 출간되었고, 이 책은 이듬해《재생산에 관하여》라는 제목으로 국내 번역·발간되었다. 이 책의 편집인인 옥스퍼드대학교 교수 머브 엠리^{Merve Emre}는 일견 "'자연스러워' 보이는 재생산" 또한 누군가의 "도움을 받"는 것이며, "재생산이 정치적 문제가 아닌 사람들에게는 이 도움이 당연하게 여겨지기 때문"이라고 언급하고, '자연적인 것'으로 여겨지기 쉬운 재생산에도 다양한 층위의 사회적 구성물이 개입한다고 주장하였다.[2]

이에 대해 뉴욕대학교 비교문학 박사과정에 재학 중인 트랜스젠더 여성 앤드리아 롱 추 Andrea Long Chu 는 성별 재지정 수술 전 단계로 호르몬 치료를 시작하기 전 지인들의 권유로 자신의 정자를 은행에 보관한 에피소드를 소개하였다. 또한 자신의 성별 정체성과 재생산 관련 욕망에 대해 "나는 애초부터 수술이 필요하지 않은 것을 원"하고 수술을 하더라도 그 결과는 "기대보다는 못할 것"이며, 스스로 "절대 자연스럽지 못할 것"이고, 다만 "그렇게 애쓰다가 죽을 것"이라 술회했다. 더불어 머브 엠리의 글에 대해 "모든 재생산이 '자연적인 것'이 아니라"는 그녀의 지적에 동의하면서도 "욕망의 대상으로서의 자연스러움을 포기"하는 것 또한 힘들다는 것을 강조하고, 우리는 "자연이 참이기 때문에" 그것을 믿는 것이 아니라 "그것을 원하기 때문"에 자연을 믿는 것이라고 언급했다.[3]

　"자연적인 것을 욕구의 한 대상"으로 바라본 그녀의 주장에 대해 머브 엠리는 "거칠고"도 "매우 설득력 있"는 "평가"라고 지적했다. 더불어 앤드리아 롱 추를 비롯한 여러 필자들의 답글에 논평하면서 머브 엠리는 다음과 같은 말을 남겼는데, 그녀가 인터뷰한 여성 성소수자들은 "우리가 그들의 이야기를 읽고 마음 아파하는 것을 원치 않을 것"이며, 그 이유로 "슬픔"이란 "너무 쉽게 떨쳐버릴 수 있"는 것이기 때문이라고 말했다.[4]

위험취약군

1

대체로 우리의 인생은 소중하고, 극악한 위험엔 모쪼록 빠지지 않는 것이 좋다. 삼척동자도 알 만한 인생의 진리다. 그러나 늘 상 그렇듯 진리는 때때로 손쉽게 잊힌다. 인생에는 대체로 많은 나쁜 일들이 있다. 가급적 자신과 상황을 더 깊은 수렁에 빠뜨리지 않는 편이 좋겠지만, 거기에 언제나 성공하는 건 아니다. 되레 그럴 땐 숫제 나를 어떤 유혹에 빠뜨리고 싶다. 그래야 속이 풀릴 것 같은, 그런 심리에 충실하기 위해 많은 사람들은 술을 마신다. 인생엔 그렇게 애써 위험해지고 싶은 날도 있다. 내가 나를 완벽히 통제할 수 없을 때, 그 속에서 발견할 내 위험한 얼굴을 보고플 때가 있는 것이다.

나를 위험에 빠뜨릴 만한 게 술만 있는 건 아니다. 인생의 곤경이 여러 루트로 오는 것처럼, 한번 베어 묾 직한 유혹도 저 잣거리 안팎에 즐비하게 깔려 있다. 안팎으로 즐비한 이유는 인간이 그만큼 자신을 건강하고 이성적으로 통제하는 데 자주 실패하기 때문이다. 가령 몸과 마음을 챙기는 많은 건강 상식과 자기계발서와 식이요법의 요목들이 있다. 그리고 나를 위해 그것을 하나하나 챙기는 게 의미 없어 보일 정도로 내가 엉망이 되는 날이 있다. 그럴 때 욕망은 한층 예리해진다. 아무것도 기약할 수 없을 때, 그때는 내 몸뚱이 또한 기약할 수 없는 것이 된다.

사람은 누군가와 섹스할 수 있다. 그 섹스라는 인간관계가 잘 정리되고 뒤탈이 없기 위해선 몇 가지가 필요하다. 정해진 각도와 체위와 러닝타임과, 섹스 앞뒤에 차려야 할 예의와, 애초에 거기까지 가기 전과 후에도 갖추어야 할 것들이 있다. 그러나 어느 날은 그런 게 잘 생각나지 않는다. 또는 알면서도 모른 척하고 싶다. 왜냐하면 오늘은 내 몸뚱이도 내 삶처럼 기약 없는 날이기 때문이다. 그러니 그런 것은 별로 챙기고 싶지 않다. 잘 알지도 못하는 사람과 함께 모처럼 차지게 뒹굴고 싶다. 눈앞의 살덩이를 그저 핥는 박테리아처럼. 물론 나는 지금보다 더 안전해질 수 있다. 하지만 오늘은 그러려고 여기에 들어온 것이 아니다.

두 개의 살이 있는 곳, 이 장막 안에서는 나도 한번 훨훨 날아보고 싶다. 무언가를 확실히 잊을 만큼 잘 익은 쾌감을 취하고 싶다. 그렇게 한껏 달아오른 예민한 신경에 평소 들어두었던 상식과 규범은 별로 소용에 닿지 않는다. 애초에 안전하고 싶었으면 여기에 오지도 않았을 테니까. 차라리 위험하면 위험할수록 좋다. 그 와중에 콘돔 따위는 별스럽고, '오늘'의 무드에 맞지 않는 것이 된다. 이미 나는 저 장막 밖에서 너무 많은 위험과 불행을 겪어왔으니, 이 잠자리에 얽혀 나에게 닥칠지 모를 또 하나의 불행 앞에서는, 여기서만큼은 나도 한번 운 좋은 사람이 되어보고 싶다. 내가 하나하나 애써 챙기지 않아도, 내가 일일이 내 주위를 돌보지 않아도. 내가 겪었고 또 끝내는 찾아들었던 그 위험의 오늘이, 아무것도 씌우지 않은 몸들 사이사이로 축포처럼 터진다.

꽤 많은 날들과 꽤 많은 위험한 순간이 지나고 나는 어느 날 HIV/AIDS⁺ 검진을 받았다. 결과를 기다리는 시간은 참으로 몽롱했다. 돌이켜보면 내가 꼭 양성이 아니어야 할 이유는 어디에도 없었다. 나는 나를 챙길 수 있었고, 어떤 날은 그저 그럴 수가 없었을 뿐이다. 만약에 음성이 나온다면 나는 어떤 감정을 가져야 할까. 역시 그랬을 리가 없다는 안도의 한숨을 내쉬면서, 난생처음 보는 이와 함께 골방에 누워 말도 안 되는 운이 따르길 기대했던, 위험이라도 내 것으로 거머쥐고 싶었던 그때의 나로 돌아가면 되나. 그때 그 순간 나를 그토록 우연하고 기약 없도록 만들었던 것은 대체 무엇일까.

검진 결과를 받고, 나는 여태껏 나로부터 들고 나간 많은 위험의 얼굴을 떠올렸다. 그리고 그 위험을 끝내 내 손으로 선택하고 말았던 내 마음을 생각했다. 나는 그 모든 것을 참아 넘기던,

---

⁺ HIV는 인간면역결핍바이러스(Human Immunodeficiency Virus)를 뜻하고, AIDS는 HIV 감염으로 인한 면역력 저하로 발생하는 후천성면역결핍증후군 (Acquired Immune Deficiency Syndrome)을 뜻한다. HIV는 잠복기가 긴 바이러스로, HIV 감염 후 AIDS가 발병하기까지 6개월에서 15년, 또는 그 이상도 걸리는 편이며 이에 따라 이 둘을 분리하기 위해 HIV/AIDS를 병기하는 표현이 정착되었다. 약제의 발달로 만성질환으로 접어든 근래에는 HIV에 감염되었어도 꾸준한 예방약 복용을 통해 AIDS 발병을 억제한 상태로 천수를 누릴 수 있다.

그 마음으로부터 몰아친 폭풍 가운데 단지 운이 좋아 이곳에 살아남았다.

2

2004년도 국회 상임위원회 국정감사에 제출된 보건복지위원회 산하 질병관리본부의 보고서는 일반인에 비해 "에이즈 감염률"이 높은 그룹을 "고위험군"이라 칭했다. 국정감사에서는 이들 "고위험군"에 대해 "에이즈 예방사업"을 집중적으로 실시할 것이 논의되었다. 이 "고위험군"에 속하는 대상으로는 동성애자, 남성 성병 환자를 비롯, 성매매 여성도 포함되었다.[1]

이에 대해 HIV/AIDS 인권모임 나누리+(현 HIV/AIDS 인권연대 나누리+) 및 인권단체연석회의 등 단체에서는 그해 12월 1일 에이즈의 날을 맞아 연대성명을 발표하고, HIV/AIDS에 대한 사회적 낙인과 편견으로 감염인의 인권이 침해되고 있다고 주장했다. 더불어 이들은 "동성애자, 성매매 여성 등을 고위험군으로 분류하여 잠재적인 가해자로 취급"하는 것이 부당하다며 정부의 책임을 물었다.[2] 그로부터 한 달 전인 11월 8일, 여성주의 저널 《일다》에서는 앞서 지목된 이들을 "HIV/AIDS에 취약"하다고 서술하였는데, 이 "취약"함의 이유로는 동성애자에 대한 차별을 비롯하여 여성의 노동권·성적 자기결정권 침해 등 사회적인 요소 또한 분명히 존재한다고 지적했다.[3]

본래 고위험군high-risk groups이란 HIV/AIDS 이외에도 자궁경

부암, 말라리아, 폐암, 낙상 등 상해를 겪거나 질병에 노출되기 쉬운 그룹을 가리킬 때 일반적으로 사용되는 의학 용어다. 그러나 당시 HIV/AIDS 인권단체에서는 이 용어가 이른바 감염에 취약한 그룹의 집단 정체성을 곧 질병과 연결시키는 낙인 효과를 낳을 수 있다고 평가하였고, 이에 의도적으로 이 말을 사용하지 않았다.

더불어 "감염에 취약하다"는 말은 단순히 어떤 질병에 대한 임상병리의 차원을 넘어 그 사람이 처한 사회적·정책적 조건, 즉 혐오와 차별을 비롯해 의료접근권·교육접근권의 범주까지 포괄할 수 있었다. 따라서 "고위험군" 대신 이런 말들의 사용이 권장되었고, 이후 "감염취약계층" 등의 사용이 점차 확산되었다.[4]

인생의 부작용

1

가끔 내 삶의 조건들에 대해 생각할 때가 있다. 굳이 그런 걸 생각해야 할 때라면 삶이 제대로 굴러가지 않을 때가 분명하다. 그럴 때 일견 굳건해 보였던 삶의 조건은 실은 금방 스러질 허약한 것이었음이 드러난다. 몇 가지 의밋거리와 재밋거리들로 인생을 낙관코자 했던 날들은 그렇게 몇 년을 채 버티지 못하고 보란 듯이 주저앉는다.

가령 게이 주제에 직업에 대해 아무것도 낙관 못할 대학원 공부를 한다는 게 새삼 사치스럽게 느껴지는 날이 있다. 나 좋은 것 하겠다고, 그게 내 인생을 더 굳건히 만들 것이라고 남에게, 또 스스로에게 강변했던 기억이 무색해진다. 이왕 힘들 것 그냥 나를 숨기고 평범하게 직장 다니고 월급 받을걸, 하는 생각이 복받친다. 연구용역의 불규칙한 임금 주기로 인해 쌓여가는 채무와, 그 채무를 갚기 위한 숱한 일거리를 꾸역꾸역 받다 보면, 어느 날 갑자기 병이 들어 일의 능률을 갉아먹고 그 병을 처리하는 데 든 비용으로 다시 채무가 쌓여가는 상황을 겹겹이 마주하기도 한다. 이 모든 일은 대체로 내가 선택한 것이므로 내가 감내해야 할 것들이다.

돌이켜보면 끝없이 무리를 해가며 이끌어오는 일상이다. 그러다 보면 그간 쌓여온 스트레스가 몸 밖으로 드러나는 광경을 목격한다. 몸이 무너지면 자연히 마음 또한 무너진다. 내 일상은 내가 선택해온 많은 무리 위에서만 온전히 돌아가고, 그것들을 앞으로 계속 끌어갈 수 있을지는 얼른 자신이 생기지 않는다. 생각이 거기까지 닿으면 아스팔트 바닥에 생살이 쓸리듯 마음은 더는 버티기를 거부한다. 언젠가 보란 듯이 살았던 내 삶의 풍경이 이제는 너무도 낯선 절벽같이 느껴진다.

그러나 내 앞엔 엄연히 지켜야 할 마감과 일거리가 있고, 거기에는 내 밥줄과 신용이 추상같이 걸려 있다. 거기에 어떻게든 부응하도록, 지친 나를 정상적인 일상으로, 정상적인 일의 능률을 내도록 다시 끌어올려야 한다. 그러기 위해선 그간 쌓인 스트레스를 풀어낼, 나를 위로할 광대버섯같이 바짝 독 오른 쾌감이 필요해진다. 강력한 일상을 버티기 위해서는 그만큼 강력한 마취제가 필요하다. 그것이 아무 취밋거리이든, 아무렇게나 만나는 사람이든, 혹은 다른 무엇이든 간에.

2

석사논문을 탈고할 무렵 허리디스크를 얻었다. 통증이 심각하던 어느 주말 인근 대학병원 응급실로 향했고, 당직의는 나에게 마약성 진통제를 28정 처방해주었다. 절대 깨물어 먹지 말고 통째 복용하라는 말과 더불어. 집에 와서 약을 1정 먹으니 30분 만에 허리의 통증이 사라졌고, 대신 머리가 빙빙 돌아갔으며, 약효는 12시간 지속되었다. 그다음 주에 다시 병원을 찾았을 때 전문의는 처방받은 약을 절대 남용하지 말라고 당부했다.

이 약에 포함된 옥시코돈^{oxycodone}은 2000년 이래 미국에서 문제가 된, 마약성 진통제에 즐겨 쓰이는 옥시콘틴^{OxyContin}의 주성분이다. 과연 나는 그 후에 저 약을 얼마나 많이, 혹은 자주 복용했을까. 통째로 삼키지 않고 부수어 복용했거나 물에 녹여 주사기로 주입했다면, 내지는 좀 더 아름다운^{euphoric} 효과를 위해 다른 약물과 혼용했거나 주요 물질의 추출을 위해 화학적 조작을 가했다면, 그랬다면 내 행동은 과연 합법일까, 불법일까.

그 질문들에 일일이 대답할 의무는 없지만, 여기서 하나 얘기할 수 있는 것은 삶이 힘들 때마다 나는 꽤 자주 저 약을 생각했다는 것이다. 치사량$^{lethal\ dose}$이 얼마인지는 모르지만, 있는 걸 한 번에 삼킨다면 어쨌든 죽으리라. 또는 남은 알들을 한 번에 삼키고는 내 몸에 피어나는 에로스와 타나토스의 기전들을 찬찬히 관찰할 수도 있다. 약이 든 구급통이 어느 날이면 거짓말처럼 가까워 보였다. 그 복잡한 심경들과 인생의 곤경들은 어느 순간부턴 투약의 유무, 합법의 여부 따위로 설명할 수 있는 범위 너머의 문제였다.

그리고 그렇게 몇 번 복용한 그 약보다 훨씬 자주, 훨씬 많은 양으로 나는 알코올을 음용했다. 몇 해가 지난 후 내 위장과 간은 이제 그 술의 양을 더는 견디지 못한다. 어느 날 술이 과해 모종의 사고를 치고, 끔찍한 숙취에 시달리고, 극심한 감정 기복을 넘기고 나면, 갑자기 나는 꽤 건강하며 알코올을 비롯한 약물을 나름 윤리적으로 사용할 줄 안다고 짐짓 말하고 싶어진다. 나는 내 일에 힘써왔고 내 삶을 나름대로 잘 통제해왔으며, 따라서 중독 따위는 나랑은 전적으로 무관한 일인 것이다.

합법적으로 처방되는 진통제와 마약 사이, 그것을 사용하는 데 합법과 불법 사이의 간격은 생각보다 가깝다. 그처럼 내가 규정해놓은 내 삶의 정상성과 비정상성의 관계 또한 언제나 모호하다. 별안간 내가 정상임을 그토록 강변하고 싶은 욕심이야말로 내가 섭취해온 약물의 부작용임과 동시에, 내가 살아온 인생의 주요한 부작용일지도 모른다.

3

학부 시절의 일이다. 한 선배가 어느 날 우울했던지 버브^{The Verve}의 〈The Drugs Don't Work〉란 노래를 들려주고는 "너무 우울해서 약도 안 듣는다니 정말 쩔지 않냐"라고 말했다. 나는 그 말이 영 이십 대 초중반의 허세처럼 들렸고 노래도 썩 마음에 닿지 않았다. 그냥 무덤가에 잔나비 소리 들린다는 시구처럼 이 땅에 없는 얘기를 구태여 지어낸 말 같았다. 비슷한 시기 방영된 드라마 〈퀴어 애즈 포크^{Queer as Folk}〉에서는 게이들의 약물 중독과 약물 과다복용^{overdose} 문제를 신랄하게 그리고 있었지만, 그걸 보고도 저게 내 이슈라고는 체감을 못했다. 내 주위에 약을 하는 사람은 정말로 없었기 때문이다. 여느 이성애자의 주위에 동성애자라고 스스로 밝힌 사람이 한 명도 없었겠듯이.

어떤 이슈는 차라리 그 이슈에 대해 아예 모르는 게 나은 것처럼 보일 때가 있다. 약물도 그렇다. 인생에는 때로 그렇게 일점일획도, 털끝 하나도 알지 못하고 넘어가야 좋은 게 있을 수 있다. 나 역시 내가 위험하다고 생각하는 많은 부분에 대해 그와 같이 거리를 둔다. 그러나 그런 개인적인 처방으로 모든 문제가 해결될 수 있다면 성소수자 또한 성소수자를 환대하는 지인들로 구성된, 더없이 개인적이고 개인적인 세상 속에서 마음껏 복락을 누릴 것이다.

약물 문제로 사망하는 사람들은 보통 그 사인이 공공연히 알려지기 힘들고, 따라서 당사자의 죽음을 적확하게 추모하기도 힘들다. 그것은 마치 에이즈 합병증으로 세상을 뜬 게이의 사인이 기어코 불문에 부쳐지는 광경을 닮았다. 물론 어떤 이유에서건 사후에라도 당사자가 원하지 않았던 방향의 아우팅은 비윤리적이고, 따라서 우리는 이 문제를 윤리적으로 논쟁하고 입에 올리는 방법을 찾아야만 한다. 1990년대 게이 선배들이 '너는 남자 좆 빠는 게 안 창피하냐'고 반문하던 은둔 게이들 사이에서 얼굴을 드러내고 목소리를 내었을 때,[1] 비슷한 시기 HIV 감염인들이 그들에 대한 낙인을 무릅쓰고 감염 사실을 공공연히 끄집어내었을 때,[2] 그들이 그렇게 한 까닭은 이 모든 것들이 논쟁되지 않는 침묵의 세상보다 비로소 논쟁되는 시끄러운 세상이 더 건강하다고 생각했기 때문이다.

이런 글을 쓰면 누군가는 별로 아름답지도 않은 얘기를 왜 끄집어내느냐고, 그 후과를 다 감당할 수 있느냐고 채근할는지 모르고, 나아가서는 누구 귀에 소문이 흘러들어 어느 날 경찰의 내사가 들이닥칠지 모른다. 그러나 동성애에 대해 알기에 동성애자이고, HIV를 알기 때문에 HIV 감염인이며, 약물에 대해 아니까 약물 사용자란 따위보다 더 나은 논쟁을 할 권리가 우리에게는 있다. 거듭 말하지만 무엇을 입에 올리지 않고 있는 세상보다 어떻게든 그것을 논쟁하고 있는 세상이 더 건강하고, 아직 건강하지 못한 세상 가운데 슬픔이 슬픔일 수조차 없는 무언가를 버텨내고 있는 이들이 우리 가운데 있기 때문이다.

4

2016년 말 퀴어 커뮤니티의 약물 이슈에 대해 공부하고 대처하는 연구모임POP이 정식 출범하였다.[3] 이들은 이듬해인 2017년 1월 8일, 이태원의 게이클럽 루킹스타에서 성소수자 인권운동과 약물 이슈에 개입하는 대만 활동가를 초청하여 '대만 게이 커뮤니티 약물 이슈'라는 제목의 강연을 기획·진행하였다. 2017년 2월에는 UN 인권이사회에서 2016년 5월 8일 발표한 약물 사용자 인권 가이드라인을 번역·제공하였는데, 이 가이드라인은 약물 사용자에 대한 위해 감소harm reduction 대응 전략을 소개하고 있다.[4]

이후 2018년 1월 4일에는 약물 이슈에 대한 다년간의 경험을 살려 데이비드 스튜어트David Stuart가 개발한 '켐섹스(약물 사용

섹스) 케어 플랜chemsex care plan'을 모임 측에서 한글로 번역해 제공하였고,[5] 2018년 8월 8일에는 약물 사용자를 위한 '켐섹스 가이드북' 한국어 번역 웹페이지를 선보였다. 이 페이지에서 소개하는 위해 감소의 원칙은 다음과 같다. "우리는 당신이나 당신의 지인이 가급적 약물을 사용하지 않기를 원하지만, 만약에 사용한다면 최대한 자신과 타인을 보호하면서 사용할 수 있기를 바랍니다."[6]

더불어 2019년에는 국제성소수자협회International Lesbian, Gay, bisexual, trans and intersex Association, ILGA 아시아 지부, 즉 일가 아시아ILGA Asia[7]의 컨퍼런스가 서울에서 개최되었는데, 이때 연구모임POP은 '아시아에서의 약물 사용 섹스Chemsex in Asia'라는 제목의 메인세션을 진행하였다. 이날 세션의 질의응답 시간에 연구모임POP의 활동가는 다음과 같은 말을 남겼다.

이 문제를 대할 때 인권활동가들조차 이렇게 얘기한다. '그래도 안 하는 게 좋지 않냐'고. 그러나 인권은 근절론과 화해할 수 없다. 이미 존재하는 걸 없애기만 하면 된다는 게 인권운동의 방법론은 아닐 것이다. 이미 존재하고 있는 이 안에서 작동하는 권력관계를 폭로하고 거기에 개입하는 것이 중요하고, 어쩌면 그것이 활동가가 할 수 있는 거의 유일한 일일 것이다.
— 〈ILGA ASIA 2019 #3: 젠더·섹슈얼리티의 다양한 전선들, 욕망 지도와 성소수자 가정폭력〉, 《친구사이 소식지》 110, 한국게이인권운동단체 친구사이, 2019.8.

어느 감염인의 이야기[+]
—故 오준수의 유고

안 보인다고 없는 것이 아니다

이런 말이 있습니다. 살면서 당신 주위에 성폭행을 당한 적
이 있다는 여성이 아무도 없었다면, 그건 정말로 그런 사람이
없어서 그랬던 게 아니라 그들이 자기 얘기를 못했던 것뿐이고,
나아가 자기 얘기를 꺼내기 어려운 태도를 당신이 가지고 있었
던 것뿐이라고. 이 말은 동성애자에게도 똑같이 적용됩니다.
뭣도 모르는 이성애자들 주위에 동성애자가 없었을 리가 없겠
지요. 다만 도저히 입을 떼기 어렵게 만드는 태도나 분위기 앞
에 자신을 말할 수가 없었던 것일 겁니다.

그리고 동성애자 안으로 범위를 좁혀봤을 때 이런 말이 똑
같이 적용될 법한 사람들이 있습니다. 바로 HIV/AIDS 감염인
들입니다. 동성애자 커뮤니티 주위에서도 자신이 감염인임을
밝히는 사람은 적습니다. 그래서 그런 사람이 마치 없는 것처럼

[+] 이 글은 이 책에 실린 모든 글들 중 가장 일찍 쓰인 글로, 친구사이 소식지에 연
    재된 칼럼 '시간 사이의 터울'의 첫 번째 기사로 발행되었다. 이 글을 쓴 당시의
    느낌을 온전히 전달하기 위해 원문의 경어체를 그대로 살렸다.

여겨지기도 하지요. 하지만 그들이 안 보이는 것은 정말로 감염 인들이 없어서 그런 것이 아닐뿐더러, 그건 존재하지 않을 리 없는 그들이 도저히 자신을 알릴 수 없도록 만든 동성애자 스스로의 문제일 수 있습니다. 마치 이성애자들 사이에서 자신을 알리기 힘들었던 그 기억 그대로 말이지요.

> 1992~3년도지. 〔……〕 "형 술집 오지 마라" "왜?" 그러니까 쟤가 간 다음에 어떻게 행동하는지 보라는 거야. 길녀 얘기 했잖아 내가. 길녀가 왔다 가니까 오호, 소독약을 뿌리고 난리를 치더라고. "왜 그러는데?" 그랬더니 "저년이 에이즈 환자야" 그러는 거야. 그러면서 걔 먹는 거 다 버리고 유한락스로 닦고 난리를 치는 거야. 그런데 걔가 뭐라고 하냐면 "형이 왔다 가도 저래" 그러는 거야. 그걸 내가 봤잖아. 내가 그때부터 국내 술집을 안 가는 거지.
>
> — 동성애자인권연대(현 행동하는성소수자인권연대) HIV/AIDS 인권팀,
> 〈8·90년대 남성 동성애자 게토·커뮤니티 보고서〉, 2013, 45~46쪽.

동성애와 HIV/AIDS

에이즈가 돌기 시작하던 1980년대 후반에서 1990년대 초반, 게이 커뮤니티 안에서 감염인에 대한 대접은 게이 커뮤니티 밖의 대접만큼이나 가혹했던 모양입니다. 에이즈란 동성애에

대한 천벌로 속절없이 딸려 오는 병이자, 게이의 인생 막바지에 여지없이 자리하고 있을 운명이고, 수많은 이들과 몸을 섞은 배덕으로 인해 자연히 따라붙을 응보였던 모양입니다. HIV/AIDS에 대한 정보가 제대로 알려져 있지 않던 시절의 게이들이 성정체성의 공포와 함께 그것과 연루돼 있다는 병증의 공포까지 함께 짊어지고 살았을 것을 생각하면 가슴이 메어옵니다.

그래서 초창기 동성애자 인권운동은 이 에이즈란 질병을 동성애라는 성정체성과 떼놓으려는 노력을 진행했습니다. 에이즈는 동성애자뿐만 아니라 이성애자도 감염될 수 있고, 동성애나 항문섹스의 문제가 아니라 콘돔을 쓰지 않은 채 체액이 오가는 섹스가 문제임을 줄기차게 외치고 홍보했습니다. 동성애자에게 에이즈는 결코 필연이 아니며, 이 질병을 스스로 예방하는 것이 게이로서의 자신을 승인하고 자긍심을 느낄 수 있는 방법임을 알리고자 했습니다. 물론 그분들의 말씀대로 이론상 동성애와 에이즈는 전혀 다른 층위의 개념임이 확실했고, 괴롭도록 굳건한 사람들의 선입견 아래서도 당연한 것을 당연한 제자리로 돌려놓으려는 노력이 이어지면서 차츰 사람들의 뇌리에 에이즈와 동성애에 대한 제대로 된 개념들이 뿌리박기 시작했습니다.

그리고 그처럼 당연하지 못했던, 현실에서 숨 쉬는 동성애자 감염인들이 있었습니다. 초창기 친구사이의 요직을 역임했던 故 오준수라는 분이 그중 한 사람입니다. 그는 독특하게도 그 시절 자신이 감염인임을 대내외에 알렸고, 그에 관한 많은 글들을 남겼습니다. 에이즈 합병증으로 인한 간성혼수로 1998년 9월 13일 사망한 후, 남성동성애자인권운동모임 친구사이(현 한국게이인권운동단체 친구사이)는 그를 추모하여 2000년 2월 11일 유고집을 발간합니다.

> 겨울이면 더 심했어. 겨울이면, 겨울만 되면 난 발정 난 암캐처럼 쏘다녔지. 이 거리 저 거리를 가리지 않고, 그 어떤 곳이라도 내가 못 갈 곳은 없었어. 온몸은 불에 덴 듯 뜨겁기만 했었고, 내리는 눈도, 차거운 겨울바람도 날 식혀주지를 못했어.
>
> 그래서 외로웠지. 이 세상 어떤 그 무엇으로도 날 달랠 수 없다는 것이 서럽고 외롭기만 했어. 아마 그때부터일 거야. 내 속에 城(성)을 쌓기 시작했던 때가……
>
> — 오준수, 〈편지4〉(1995), 《오준수를 추모함》, 남성동성애자인권운동모임 친구사이, 2000, 82쪽.

묘비명 없는 죽음

그 후 20여 년의 시간이 흘렀습니다. 그동안 많은 일들이 있었고, 그중에는 동성애자들에게 나쁜 일도 있었지만 좋은 일들도 많았습니다. 성정체성을 커밍아웃하는 이들이 나오기 시작했고, 1년에 한 번이지만 가슴을 펴고 거리를 활보하는 축제의 전통도 쌓여갔습니다. 동성애자들의 삶을 다루는 문화창작물들도 지속적으로 생산되었고, 2014년에는 서울시청 로비에서 내가 성소수자라고 모여 외치는 정치적 가시화의 위업도 달성했습니다. 인권단체들 스스로 내걸던, 동성애자로서의 자긍심은 그 어느 때보다 설득력 있는 것이 되어가고 있고, 동성애에 대한 차별금지가 시대의 화두로 자리잡아가고 있습니다.

그렇다면 HIV/AIDS는 어떨까요. "감염인과 환자들의 인권과 치료권을 확보하기 위한" HIV/AIDS 인권연대 나누리+가 2004년 2월 발족한 이래 활발한 활동을 벌여오고 있고, 그 사이 윤가브리엘,[1] 이정식[2] 등 본인이 감염인임을 커밍아웃한 활동가들도 등장하기 시작했습니다. 하지만 이런 분들의 노력에도 불구하고 HIV/AIDS 문제는 여전히 무언가 이야기하기 껄끄러운 감옥에서 벗어나지 못하고 있는 것처럼 보입니다. 동성애자들의 저 가없는 자긍과 자기확신의 시대적 물결 속에서도 감염인들이 설 자리는 왠지 적어 보입니다.

그들의 자리가 협소해 보이는 까닭은 그들의 삶이 어떠한 것인지, 아니 그들이 대체 어디에 어떻게 존재하는지조차 많은 사람들이 알지 못하기 때문입니다. 알지 못하는 이유는 감염인들이 자신의 감염 사실을 말하기 어려운 까닭이겠고, 앞에서 보았듯이 그것은 그들의 책임이 아닙니다. 감염인들이 그런 주체 없는 책임의 주체가 되어 살아갈 때, 그중 적지 않은 사람들은 아무도 모르게 세상을 떠나고는 하였습니다.

HIV/AIDS 감염인의 죽음 중 상당수는 가족이 배석하지 않고, 빈소가 꾸려지지 않고, 장례식이 치러지지 않는 식으로 수습됩니다. 그들은 죽어서도 자신을 드러낼 수 없었던 셈입니다. 그런 그들이, HIV/AIDS와 개념적으로 혼동되던 지난날을 극복하고 밝은 모습으로 자신을 찬란하게 드러내는 동성애자들 뒤에 가려 보이지 않게 되는 것은 어쩌면 당연한 일일지도 모르겠습니다.

내가 감염된 건 동욱 씨, 당신 책임이 아냐. 오히려 내가 동욱 씨를 감염시켰을 수도 있는 일이잖아. 단지 동욱 씨가 먼저 검사를 받은 것뿐이야. 동욱 씬 내가 감염된 것이 마치 자신 때문인 것처럼 생각하는데 그러지 마. 내 탓일 수도 있어. 아, 어떤 심정이었을까? 멀리서 나를 바라보며 안쓰럽고 답답했을 그 심정. 다가가 내게 얘기할 수도 없었을 테고, 떠날 수는 더더욱 없어서 그렇게 전화로 내 곁을 빙빙 돌던 바보 같은 사람……

추석 이후, 한 통화의 전화를 끝으로 그에게서는 연락이 없었다. 고향에서 당분간 쉴 거라던 그 사람, 동욱 씨는 결국 신문지상의 조그마한 기사로 그렇게 내 앞에 나타났다.

나는 국립보건원 조 선생에게 그가 자살할 만한 까닭을 물었다. 〔……〕 동욱 씨는 자신이 감염자라는 이유로 해서 치료가 더디어진다는 심한 우울증에 빠져 있었다고 한다. 결국 자살로써 자신의 삶을 마감한 것이었다. 그 얘기를 들으며 나는 피눈물을 삼켰다. 어쩜 그럴 수도 있는 건가? 어쩜 세상에 그럴 수도 있단 말인가? 정말 조물주는 있는 건가? 있다면 어째서 그런 일이 있을 수 있단 말인가? 그럴 수는 없는 일이었다. 아무리 생각해도 그럴 수는 없는 일이었다.

— 오준수, 〈사랑과 오욕의 연대기, 1964~1993〉, 같은 책, 44쪽.

"사람 만나는 것이 얼마나 증오스러운지 아세요? 오는 사람들을 맞이하면 제가 감염자라는 사실을 더 느끼게 된다구요. 그런데 뭐가 좋아서 웃으며 맞이하겠어요? 제 심정이 어떤지 아세요? 거울 보기에도 겁이 난다구요. 갈수록 괴물 같아지는 얼굴을 볼 때마다 거울을 부서뜨리고 싶고, 매일 죽고 싶은 마음뿐이라구요. 끝없이 이어지는 생각들까지 제발 잊어버리고 싶어요. 모든 게 다 싫어요. 이게 다 죄의 대가인가요? 죄를 아무리 많이 지었다고 해도 그렇지, 나의 끝은 죽음밖에 없잖아요. 〔……〕 차라리 매일 밤에 저는 자다가 그대로 죽었으면 하는 바람으로 매일 잠들어요. 그다음 날 일어났을 때 얼마나 비참한지 알아요?"

— 권로사 수녀, 〈이 세상 소풍을 끝낸 루까에게〉, 같은 책, 7쪽.

나…… 사람으로 태어나지 말기를……

— 故 오준수의 일기, 1998.8.8. (추모 유고집 미등재분)

내가 먼저 떠나가는 것

감염인에 대한 부정적인 시선을 이 자리에서 새삼스레 이야기하는 것은 무의미할 것입니다. 감염인이 '보이지 않는다'는 것이야말로 그 어떤 부정적인 상태보다 더한 진공의 처지를 뜻하기 때문입니다. 왜 그들은 그런 진공 안에 머물 수밖에 없는 걸까요. 그 멸균실 안에서 그들은 무슨 생각을 하고 있을까요.

이 유고집에서 가장 인상 깊은 부분을 말한다면, 글쓴이는 자기를 둘러싼 세상을 끝까지 낯설어하고 종내엔 그로부터 먼저 떠나고 싶어 합니다. 그도 그럴 것이, '보통 사람'들이 감염인들을 얼마나 노골적이고도 교묘하게 밀쳐낼 수 있는지를 가장 잘 아는 사람들이 바로 감염인 자신들이기 때문입니다. 그들은 세상이 얼마나 무섭도록 변하지 않는지를 잘 알고 있습니다. 변화를 기대하는 것이 얼마나 고통스런 희망인지를 아는 그들은 끝내 세상에 대한 기대치를 제 손으로 거두어갑니다. 받아들여지지 않을 것을 너무 잘 알고 있어서, 차라리 먼저 작별을 준비하고 관계를 끊습니다. 그쯤 되면 구태여 자신이 어떤 사람인가를 말할 이유도 사라집니다. 처음에는 눈에 뻔히 보이는 외부의 압력 때문에, 그다음에는 그것들 모두를 아예 차라리 앞서 끊어내고픈 까닭으로 그들은 거듭 세상 속에서 지워집니다.

그럼에도 세상에 무언갈 끊임없이 던지고, 토로하고, 아무 기대도 없는 채이면서도 남에게 무언갈 말하는 것은 아무나 할 수 있는 일이 아닙니다. 어렵게 감염 사실을 커밍아웃한 활동가들의 분투가 있지만, 그분들의 용기가 대단하게 비춰질수록 그 것을 대단한 것으로 만드는 세상과 자신을 향한 이중의 폐절은 더욱 그 두께를 드러내는 셈입니다. 그만큼 이 글편들 사이에 도사린 절망의 깊이는 치명적이고, 또 20여 년 전의 글이라 믿기 힘들 만큼 현재적입니다. HIV/AIDS에 대한 과학적 지식의 진보에도 불구하고 감염인에 대한 사회적 낙인이 별로 사라지고 있지 않다는 것은, 바로 이런 감염인의 내면을 통해 가장 극적으로 드러나고 있는 것입니다.

내가 사는 일이
뭔지 모르고 삽니다.
내가 죽는 일이
뭔지 모르고 그냥 삽니다.

〔……〕

내가 사는 일이
뭔지 모르고 살 동안에도
내가 죽는 일이
뭔지 모르고 그냥 살 동안에도
세상은
저마다의 모습으로 살아왔을 겁니다.

그리고, 당신은

서늘한 눈으로

그저 내려다보고 계십니다.

— 오준수, 〈사랑과 오욕의 연대기, 1964~1993〉, 같은 책, 37쪽.

난…… 혼자 살고 싶다.

아파도 혼자 아프고, 살아도 혼자 살고 싶다. 발악을 해도 혼자 발악하고, 포기를 해도 혼자 하고 싶다. 내가 아프고, 시들어가는 모습을 다른 사람들에게 보여주는 것도 싫고, 다른 사람들이 아파 시들어가는 모습 또한 보기 싫다. 〔……〕

멀리 가고 싶다.

내가 모르는 사람들이 사는, 나를 모르는 사람들이 사는, 내가 모르는 어느 도시나 시골 혹은 항구나 섬이라도 좋겠지. 그래서 모르게, 아무도 모르게 살다가, 세월도 모르게 살다가 저 이름 모를 야산 언덕배기에 피었다 시들어버리는 잡초처럼 흔적 없이 사라져버리고 싶다.

— 故 오준수의 일기, 1998.5.4. (추모 유고집 미등재분)

'현재'라는 신비

하지만 조금만 생각해보면 이런 현상은 불과 몇 년 전의 동성애자들에게도 똑같이 벌어졌던 일들입니다. 그리고 기이하게도 세상에 대한 기대를 먼저 접는 폐절의 과정 또한, 마찬가지로 정체성을 고민하는 과거와 현재의 동성애자들이 한 번쯤은 겪어봤음 직한 체념들입니다. 세상이 나아지리란 헛된 기대를 아예 접는 것이 차라리 자신을 보호하는 길이었던 경험은 동성애자에게 그리 먼 과거의 일이 아닙니다. 그렇다면 동성애자들에게 그간 무슨 일이 일어났던 것일까요? 동성애자들 중 적지 않은 수는 이제 스스로를 죄인이라 생각하지 않습니다. 그리고 세상을 향해 우리 몫을 내놓으라고 당당히 요구하기도 합니다. 어떤 계기로 동성애는 변태성욕이 아니라 삶의 한 양식이라는 외침이 사람들에게 받아들여지기 시작한 걸까요? 대체 어떤 조화로 자신을 부끄러워하고 부정하던 "더러운 호모새끼들"이, 종태원과 시청에서 제 얼굴 팔리기를 두려워하지 않게 된 것일까요?

그와 마찬가지로, "더러운 에이즈 환자"의 몫 또한 그렇게 나아가고 말 것이라고 생각해볼 수는 없을까요? HIV/AIDS에 대한 객관적 지식이 지금보다 널리 보급되고, 바이러스와 합병증에 대한 더 나은 치료약이 개발되고, 어쩌면 그보다 더 중요할지 모를 사회의 낙인이 점차 우스운 것이 되고, 그리고 가장 근본적으로는 세상에 대한 기대를 체계적으로 접어야 했던 감염인들이 그들의 삶 안에서 세상에 대한 기대를 되찾게 되는 날이, 기어코 오리라고 생각해본다면 어떨까요. 감염인들이 커뮤니티 안에서 자신을 밝히는 것이 더는 부끄럽지 않고, 커뮤니티 안에서 에이즈를 웃고 떠들어도 누구도 상처받지 않을 수 있는 그런 세상을, 지금은 쉽게 상상하기 어려울지 모릅니다. 그러나 과거의 동성애자들 또한 오늘과 같은 세상을 쉽게 상상하지는 못했을 겁니다. 이렇게 역사가 진행되는 과정은 때로 몇몇 눈 밝은 이들의 분투에 꿈쩍하지 않는 것 같다가도 어느 순간 그렇게 변해 있기 마련인 것입니다.

한 집단, 혹은 한 사람이 세상을 향한 기대를 잃었다 다시 찾는 일은 그래서 참으로 신비스러운 과정입니다. 그것은 남이 부추긴다고 될 일이 아니기 때문에 더욱 그렇습니다. 故 오준수의 글들 속에는 그 기대를 놓았다 다시 쥐고, 힘겹게 쥐었던 것을 다시 팽개치고, 끝내는 그것을 다시 주워 올리는 신비의 궤적이 그려져 있습니다. 감정의 파고가 오르내리는 것이 때론 유약하게도 보이지만, 그 감정의 고비를 넘을 때마다 그의 글에서는 세상 하나가 육박했다 멀어지고, 멀어졌던 그 세상을 다시 통과하는 모습이 그려집니다. 세상 모두가 나를 반기는 것 같다가도 다시 모두가 손가락질하며 밀어내고, 또 그런 후에도 마치 벤 자리에 차오르는 살갗과 염증같이 수시로 뒤바뀌었을 희망과 절망의 복마전을, 어찌 잔망스럽고 가볍다고 말할 수 있겠습니까. 머릿속에 그려지는 자신에 대한 배제 앞에서 아무런 희망도 남지 않던 순간에, 아니라고, 꼭 그런 것은 아니라고, 누가 그에게 그 절망의 깊이를 감히 지레짐작이라 비웃을 수가 있겠습니까.

내가 그리워해야 할 것은 더 이상 없으리라 생각하며 살았다. 나 혼자서 살기에도 세상은 너무 험하고 급급하기만 했다. 가슴에 그리움을 담기엔 내 숨통이 너무 좁고 작았다. 아무도 그리워하지 않기로 작심하자 숨통이 풀리는 것도 같았다. 하지만, 하지만 J, 세상 사는 일이 그렇게 팍팍한 것만은 아니란 사실을 난 아프면서 또 한번 깨달았다.

난 정말이지 나를 버리고 싶다.

그것은 제대로 살고 싶다는 말과 같은 말이기도 하다.

나와 연결된 모든 것을 사랑하기로 했다.

문득 희망 같은 것이 생기기도 했다. 그래서 그 희망이란 녀석에 몸을 던지기로 했다. 하고 싶은 일들을 계획하고 실천하고 온몸으로 느끼며 살려 한다.

— 오준수, 〈편지9〉 (1995), 《오준수를 추모함》, 84쪽.

감염인들은 비감염인들이 드러낼 폭력과 배제의 크기를 비감염인들보다 더 잘 알고 있습니다. 그런 그들 앞에서 누군가 '나는 저들보다 낫다'며 스스로 안도하고, 부정하고 삿된 것은 멀리하라는 가족주의적 이데올로기에 새삼 몸 담그고, 이 모든 불행을 재수와 팔자와 개인의 몫으로 돌려놓고, 같은 인간으로 엮이기 소름 끼치도록 싫어하여 감염인을 거듭 잊고자 한다면, 그것은 다름 아닌 감염인들의 머릿속에 이미 예언된 바들을 몸소 실행하는 결과가 될 것입니다. 공포와 체념 속에서 몇 번이고 예고되었던, 그들의 예지 그대로 움직이는 꼴이 될 것입니다.

오늘과 다른 과거가 이제 와선 낯설어 보이듯이, 누군가의 현재는 결국 후에 낯선 것이 되고 맙니다. 한 감염인 게이가 온몸으로 써 내려가며 놓은 희망과 절망의 노둣돌 앞에, 어느 때보다 쾌조를 보이는 것 같은 이 땅의 동성애자 커뮤니티들이 지금의 현재가 어째서 신비일 수 있고, 자신들의 과거에 비추어 누군가의 현재가 어째서 문제적인지 살필 수 있다면 좋겠습니다. 보다 세련되고 싶고 자꾸만 높아지고 싶고 이제는 주변을 보지 않아도 되고 싶은 욕망에 사로잡히기 전에, 보이지 않는 곳에서 자신과 너무도 유사하게 속을 태우던 감염인들의 얼굴을 한 번쯤 생각할 수 있으면 좋겠습니다. 그리하여 동성애자와 이성애자, 감염인과 비감염인이 '같이 살' 수 있는, 저마다 진정으로 존엄해질 수 있는 길을 찾을 수 있으면 좋겠습니다. 이 세상이 어떤 죄를 얼마나 더 용서받아야 마땅할지에 대해, 아직 조금은 더 함께 나눌 말이 많았으면 좋겠습니다.

"세상아 너의 죄를 사하노니"[3]

세상이여 부탁합니다. 우리들에게, 더욱더 꼭꼭 숨어야 하는, 그래야 그나마 세상에서 살 수가 있는 많은 감염자들에게 그 가슴을 열어주세요. 우리들은 혼자서 외롭게 살아왔지만, 늘 세상을 그리워하고 있었습니다.

— 오준수, 〈사랑과 오욕의 연대기, 1964~1993〉, 같은 책, 56~57쪽.

동성애와 HIV/AIDS는 서로 다른 개념이지만, 동성애자와 HIV/AIDS 감염인은 서로 다른 사람일 수 없습니다. 우리는 개념을 사는 것이 아니기에, 개념이 아닌 삶 안에서 서로를 소화할 수밖에 없는 사람들이기 때문입니다. 그 고래 뱃속 같은 삶 속에서 동성애자와 이성애자, 감염인과 비감염인 모두 이 유고집에 실린 글귀들처럼 얼마간 서툴고 아름답게 얽힐 수 있기를 희망해봅니다. 우리는 끝내 같이 살 수 있는 방법을 찾아내고야 말 것입니다.

끝으로 33세를 일기로 영면하신 故 오준수 님 또한 생전의 노고에 값하는 평화와 안식을 얻으셨기를 이 글을 빌어 간절히 소망합니다.[+]

[+] 이 글을 쓴 2015년 1월 이후 한국의 HIV/AIDS 운동에는 많은 진전들이 있었다. 2015년 1~2월경 친구사이 산하에 HIV와 함께 살아가는 사람들의 모임 '가진사람들'이 결성되었고, 2016년에는 HIV/AIDS 운동단체 및 당사자단체와의 연대체인 HIV/AIDS 인권활동가네트워크가 출범하였으며, 동 네트워크는 2017년부터 게이업소를 대관해 감염인 당사자가 패널로 출연하는 토크쇼 '키씽에이즈살롱'을 개최하였다.

이 글에 인용된 故 오준수의 유고집과 미간행 일기는 2014년 한국게이인권운동단체 친구사이의 단체 발기 20년사 발간 사업팀에 참가했을 때 단체 내 문서를 정리하는 과정에서 열람한 것이다. 고인의 유품은 2019년 국립현대미술관에 기증되었는데, 이에 대한 내용은 이 책의 〈오염된 슬픔〉을 통해 확인 가능하다.

코로나 시대의 사랑

1

종태원이 텅 비었다. 거의 모든 회의와 총회와 행사와 공연이 취소되었다. 주말 게이바가 이렇게 텅 빈 것도, 주말 게이클럽이 아예 문을 닫은 것도 처음이다. 사람 많은 곳을 피하라는 수칙이라니, 주말에라도 동류로 북적이던 종태원과 그 북적임으로 입에 풀칠하던 가게들과, 그곳에서 무어라도 말하고 꿈꾸던 사람들은 당장 뭘 어째야 할지 난감하다.

　사람으로 들어차던 공간이 휑하니 비고 나서야, 새삼 이곳의 북적이던 풍경에 스스로 마음을 많이 기대고 있었단 생각이 든다. 끼를 떨든 머리채를 잡든, 플러팅을 하든 싸대길 맞든, 나와 비슷한 욕망과 입장을 지닌 사람들이 저기에 한 움큼 모여 있다는 사실에 못내 마음 놓이곤 했던 것이다. 본의 아니게 집 안에 틀어박혀 있다 마스크를 두르고 모처럼 나온 자리에, 익숙한 대로 사람이 꽉 들어찬 광경에 위로를 받고 보니, 이 중 하나가 혹시 확진자일지도 모른다는 염려는 유별난 것이 된다. 따지고 보면 그런 건 이번 코로나가 새삼스레 처음인 것도 아니다.

　있던 풍경이 없어지고 나서야, 내가 이곳에서 가졌던 만남과 인간관계가 새삼 다른 맥락을 갖고 있었단 게 떠오른다. 그건 바깥에서 맺는 일반과의 관계와는 어쨌든 다른 것이었다. 더 각별하든지 더 성적이든지 더 진절머리 나든지, 거기엔 애초에 바깥세상과는 다른 어떤 응축이 자리하고 있었다. 흔히 '종심력'이라고 부르는 어떤 것, 거기 있는 사람들이 만들었는지 바깥세상이 거기에 이름 써넣었는지 모를 희한한 의미들, 다른 하고많은 동네를 놔두고 구태여 여기 들어와 술을 먹고 돈을 쓰게 만드는 그어떤 것.

거기서 나는 게이임에도 이렇게 멀쩡하다고, 이렇게 멀쩡한 표정과 멀쩡한 정서와 멀쩡한 몸매와 멀쩡한 건강으로 너와 어울릴 준비가 되었다고, 따지고 보면 밑도 끝도 없는 안부를 서로에게 묻는 것이 여기 이곳의 일상인 셈이다. 코로나든 무엇이든 나는 감염되지 않았고, 술에 취할 만큼 건강하며, 나는 괜찮다는 끊임없는 신호가 누군가를 안심시키고, 또 누군가는 절망에 빠뜨리는 곳. 그건 단순히 의도된 은폐라기에도 뭣하다. 멀쩡하고 괜찮고 싶다는 마음이야말로 인간적인 것이니까. 그런 낙이라도 바라는 게 큰 잘못이라 하기는 그렇다. 때론 깊이 생각하지 않는 것이 자신을 보호할 유일한 방패일 때가 있다. 가는 비한 자락에도 뚫리고 말, 더없이 유약한 방패.

내가 사랑하고 걱정하던 세상이 어디론가 사라진 것 같은 나날이다. 동경하든 미워하든, 그리 정붙이고 비판할 집단이 눈에 보이는 것과 그렇지 않은 것은 다르다. 밑도 끝도 없는 것에 한 번도 온몸을 기대어보지 않은 사람은 없다. 유약한 방패라도 그걸 꺼내 들 수 있는 것과 없는 것은 다르다. 덧없어 뵈고 부질없어 보이더라도 그게 그 자리에 있는 것과 없는 것은 다르다. 내가 태어나 사랑한 곳, 이 눈부신 세상이 내게 주는 의미가 그러하다.[1]

이 고단한 전염과 낙인의 시절을 다 쇠고 나면, 언젠간 또 좋은 날이 올 거다. 아무와 비말을 섞고 맨몸을 나누어도 죄가 되지 않고 아프지 않을 그날이. 내 밑천을 보이지 않아도 되고 네 건강을 검열하지 않아도 좋고 멀쩡한 안부로 서로의 내면을 속여 넘겨도 되는 태연한 그날이 결국은 오고 말 거다. 그때까지, 부디 무운을 빈다.

2

2020년 2월 23일, 정부는 코로나바이러스감염증-19(이하 코로나19)의 위기경보를 최고 단계인 '심각'으로 격상하였다.[2] 이에 따라 보건복지부 소속 질병관리본부 중앙방역대책본부는 이튿날인 24일 행동수칙을 공표하였는데, 이 수칙에서 '일반 국민'과 '고위험군(임신부, 65세 이상, 만성질환자)'의 대응 요령을 각각 분리해 표기하였다.[3] 실제로 코로나19 확진자 중 사망 사례는 평소 기저질환을 앓았던 고령층에 집중되었고,[4] 코로나19 확진자 중 80%는 가벼운 증상을 보인 경증 환자에 해당하였다. 이에 전 프레시안 편집부국장 강양구는 중증 환자와 경증 환자를 나누어 관리하는 한편 다수 경증 환자의 완쾌 사례에 보다 주목할 것을 촉구하였는데, 이는 "바이러스의 공포에 짓눌린 공동체의 심리 방역에" 도움이 될 것이라고 그는 설명했다.[5]

더불어 1993년 창립된 인권운동사랑방 활동가 미류는 "내가 하려던 일을 '해도 되는가, 하면 안 되는가' 매 순간 스스로에게 물어야 하는 우리 모두가 재난 중에 있"는 것이며, 코로나19 유행에 맞서 "우리의 삶과 일상이 어떻게 지속 가능하도록 만들 것인가"를 질문할 필요가 있다고 언급했다.[6] 또한 2006년 출범한 시민건강연구소는 코로나19 관련 논평에서, 정보 취득의 목적을 제외하고는 신경을 곤두세우는 잦은 현황 방송 시청을 줄일 것을 제안했다. 나아가 "오랜 시간 실내에서 밀접하게 접촉하는" 활동을 최대한 피하는 것만큼이나 "경제적 약자"인 사람들이 "안전한 범위 안에서" "생활의 물질적 토대를 유지할 수 있도록 우리 모두 '사회적 경제 주체'가 되"는 일이 동시에 중요하다고 강조했다.[7]

한편 경북 청도대남병원 내 정신병동 입원 환자 103명 중 101명이 코로나19 확진 판정을 받았고, 2020년 3월 3일 기준으로 확진자 중 7명이 사망하는 참사가 발생했다.[8] 이에 따라 보건복지부는 2월 24일부터 26일까지 전국의 정신건강의학과 폐쇄병동 423개소에 대한 전수조사를 진행했다.[9] 이 사건에 대해 정신장애인 당사자 인권활동가 목우는 "사회적 재난은 그동안 가시화되지 않던 사회의 구조", 즉 "약자들에게 더 가혹한 시스템을" "여실히 드러낸다"고 꼬집었다.[10] 또한 시민건강연구소는 위 사례를 들어 "바이러스와 감염은 공평하지 않"으며, 사회적 관심에서 소외된 우리 주변의 "빈 곳"을 살피는 일이 필요하다고 논평했다.[11] 더불어 구술생애사 작가 최현숙은 폐쇄병동에서 사망한 확진자의 소식을 들은 그날 밤 "죽음을 떠올릴 정도로 아팠"으며, "맨 끝자리에서 봐야, 사회가 나아갈 길이 제대로 보"일 것이라고 언급했다.[12]

자가격리의 계보

1

2020년 5월 2일 새벽 킹클럽에 방문했다. 2월 하순부터 꼬박 두 달 반을 닫고 나서 문을 연 날이었다. 5월 7일 킹클럽의 페이스북 페이지로 내가 방문했던 해당 시각 코로나19 확진자가 다녀 갔다는 소식을 접했고, 이튿날 오전 관할 보건소에서 검진을 받고 음성 판정을 받았다. 그날 국민일보가 쓴 게이클럽 확진자 방문 기사는 70건 이상 받아쓰기되었고, 포털사이트의 검색어 상위권에는 수일간 게이업소의 이름이 오르내렸다. 5월 11일에는 클럽 내 카드 사용내역을 근거로 밀접접촉자로 분류, 구청으로부터 자가격리를 통보받았다. 격리기간 중 한 종로 게이업소의 확진자 방문 소식을 접했고, 방역 당국은 그 주 주말, 이쪽 업소들에게 되도록 영업을 중단할 것을 권고했다.

자가격리가 해제된 다음 날, 주말 매상으로 먹고사는 게이업소가 들어선 종로3가를 거닐었다. 1시간쯤 걷고 나니 자가격리 중 시원찮았던 위장이 비로소 말을 듣는다. 듣던 대로 이쪽 업소는 모조리 문 닫았고 나머지 업소들은 사람들로 북적였다. 일반한테 동네 뺏긴단 얘기에 한 번도 공감해본 적 없었는데 그 풍경을 보니 정말로 동네를 뺏긴 것 같았다. 호모 한 점 묻은 곳만 가도 민폐가 될 것 같고 결과적으로 어디에도 머물 데가 없었다.

왜 우리의 시민의식은 우리의 부재로 증명되어야 하나. 착하고 순종적인 시민이 되고 싶어 종태원도 끊고 번개도 끊고 살겠다는 어느 게이의 글이 떠오른다. 우리를 대놓고 혐오하는 언론보다 방역의 대상으로라도 호명해주는 방역 당국에 짐짓 감격을 품는 일이 생각해보면 왜 안 비참할까. 전력을 다해 희석되었으면 좋겠다는 것만이 그들에게도, 심지어 우리에게도 그토록 필요한 일이라는 게, 무해한 시민이 되기 위해 부디 존재하지 않음에 근접해달라는 역설이 따지고 보면 아프도록 황망하다.

행정부의 선의가 정말로 고맙기는 하다. 사람 모이는 것 자체가 불가능한 마당에 오른쪽 정권이었으면 IMF 전야에 날치기로 통과된 노동법이나 필리버스터에도 통과된 테러방지법처럼 이 정국에 무슨 짓을 했을지 알 수 없다. 그 옛날 군사정권 시절의 '부랑아'나 성매매 여성에게 그랬던 것처럼,' 호모클럽에 확진자 나왔다고 호모들을 시설격리로 밀어붙였을 가능성도 있다. 그런 일이 발생하지 않은 건 순전히 현 정부의 연약한 상식이 그 정도까지는 떨어지지 않았기 때문이고, 그런 선의에 내 팔자를 기대야 한다니 삶이 너무 범속한 나머지 쓴웃음이 난다.

카드 사용내역으로 밀접접촉자로 분류되어 2주 자가격리를 통보받고, 그마저도 관할 보건소마다 격리처분 기준이 통일되지 않아 격리에 더해 자의성의 공포에 시달려야 하는 것도 실소가 터진다. 직장에 차마 커밍아웃할 수 없었을 누군가에겐 자

첫 직장에서의 입지가 결딴날 수도 있는 변수가 그들에겐 그저 행정상의 사소한 난맥일 수 있다는 게. 이 모든 웃음 포인트 앞에 그저 호모끼리 안 만나는 게 지고지순의 방역 대책이자 시민의식이라면 그 지엄한 명을 못 이기는 척 따라주는 수밖에. 그것밖에는 다른 도리가 없다는 걸 습관처럼 거듭 까먹는 채로.

자가격리가 끝난 다음 날 난 왜 종로를 거닐고 있을까. 나에게 죄가 있어 종로 사거리나 클럽 앞에 목이 매달려야 한다면 차라리 속이 시원하겠다. 자책도 마음대로 할 수 없는 이 검은 밤 같은 시국이 그저 아연할 뿐이다. 잔뜩 취한 한 이성 커플이 서로의 목덜미를 씹어 먹듯 탑골공원 앞에 비틀거리며 엉켜 있다. 저런 퇴폐와 환락의 한 줌 권리조차 누구에겐 공평하지가 않다. 우리가 무슨 대단한 권리와 평등을 바랐나. 모처럼 텅 빈 종로 거리가 일반들 떠드는 소리로 저리 왁자한데.[2]

2

일제 치하인 1915년 「전염병예방령」이 제정된 이래, 식민지 조선의 전염병 관련 업무는 이른바 '위생경찰'이 담당했다. 막대한 행정사무를 경찰에게 일임한 조선총독부의 관행에 따라, 전염병 환자를 색출·신고·감시하는 강력한 위생행정이 식민지 조선에 자리잡았다.[3] 이에 대해 당시 언론은 "민중의 이해를 구하지 않고 위력으로만 압박하려는" 처사라 꼬집었다.[4]

해방 후 대한민국 정부는 1954년 「전염병예방법」을, 1957

년 「전염병예방법시행령」을 각각 제정하였다. 「전염병예방법」 29~33조에 따라 감염 환자의 격리수용 및 취업금지·출입금지·취학금지 등이 법제화되었고, 39조를 통해 제1종 전염병이 발생한 경우 각 시장·도지사가 집합제한 및 업장폐쇄 명령 등 강력한 행정처분을 내릴 수 있도록 했다. 전염병이 만연할 경우 정부는 간헐적으로 동법 39조를 발동했는데, 이를 두고 당시 언론은 "전가의 보도",[5] "최후 단계의 조치"라 평가했다.[6] 나아가 동법 중 취업금지·출입금지·취학금지 조항은 사실상 유명무실하다는 이유로 1993년에야 폐지되었다.[7]

한편 「전염병예방법시행령」 4조는 다름 아닌 성병 관련 조항을 담고 있었고, 「전염병예방법」 9조를 통해 감염이 의심될 경우 각 시장·도지사의 재량으로 강제검진을 시행할 수 있었다. 이러한 법규를 활용해 1975년 1월 의정부시는 미군 기지 근교에 위치한 기지촌 및 다방·다과점 등의 종업원을 대상으로 성병 검진을 실시했다. 아울러 성병 감염이 확인된 대상자는 성병관리소에 감금되어 치료받았는데, 이곳은 "이름만 성병관리소지 정신병동이나 구치소와 다름없다"는 평가를 받았다.[8] 1978년에는 「성병검진규칙」이 제정됨에 따라 외국인 상대 유흥업소 종업원에 대한 정기적인 성병 검진 및 '보건증' 의무 소지가 법제화되었는데, 이는 많은 유흥업소 종업원들의 저항을 낳았다.[9] 나아가 1984년 제정된 「위생분야 종사자 등의 건강진단규칙」을 통해 정기적인 성병 검진 의무는 내국인 대상 접객업소 종업원에게까지 확대 적용되었다.[10]

또한 1985년 한국에 첫 외국인 후천성면역결핍증(에이즈) 환자가 발생하고,[11] 1987년 국내 HIV 감염인 중 첫 사망자가 발생하자,[12] 정부는 1987년 「전염병예방법」 2조 2항에 의거 에이즈를 지정전염병으로 고시하는 한편,[13] 같은 해 「후천성면역결핍증예방법」을 새로 제정하였다. 동법 15조의 강제처분 조항에 따르면, HIV 감염인이 치료를 거부할 경우 "격리보호", 즉 강제 격리수용이 가능하도록 되어 있었다. 이에 대한 여론은 찬반이 엇갈렸는데, 격리수용에 찬성하는 쪽은 "환자 인권 차원보다는 국민 건강 차원에서 예방해야 한다"거나,[14] "최대한의 인도적 예우를 갖춰 격리보호"해야 한다는 견해를 피력했다.[15] 격리수용에 반대하는 쪽은 "당사자들의 잠적"을 부추기고,[16] "환자들이 지하에 숨어버려 이 전염병의 예방에 역효과"만 초래할 뿐이며,[17] "자칫하면 형제복지원이나 성지원 사건을 빚은 부랑인 수용에 관한 훈령처럼 인권침해를 결과할 위험"마저 있음을 강조하였다.[18]

실제로 정부는 에이즈 환자를 위한 격리수용 전문병원 신설을 시도하였다.[19] 1988년에는 에이즈 환자 수용시설 건립을 위한 예산까지 확보했으나 지방자치단체와 주민의 반대로 계획은 무산되었고,[20] 이에 따라 에이즈 환자들은 각 병원의 격리병동에 분산 수용되었다. 한편 1992년 진주교도소 재소자 중 HIV 감염인의 감염 사실이 다른 이들에게 알려진 것은 물론, 그들이 정신질환 재소자 전용 병사에 함께 수감된 사실이 드러나 문제가 되었다.[21] 1990년대 초 HIV 감염인을 분리 수용하라는 목소리는 국내외 언론을 통해 자주 표출되었는데,[22] 이에 대해 한겨레신문은 "에이즈 감염자 수용소는 2차대전 때 독일 나치 정권의 '유대인 수용소'를 떠올리게끔 하는 발상"이라고 촌평했다.[23] 「후천성면역결핍증예방법」 15조의 강제처분 중 격리보호 조항은 1999년 개정 때 비로소 삭제되었고, 16조의 '보호시설' 또한 '요양시설'과 '쉼터'로 그 명칭이 변경되었다.

이후 「전염병예방법」은 2000년 대폭 개정되어 지난날 위생경찰 행정의 면모를 어느 정도 일신하였고, 동법은 WHO에서 2005년 제정한 「국제보건규칙」에 따라 2009년 「감염병의 예방 및 관리에 관한 법률」로 전면 개정되어 오늘에 이른다.[24] 2020년 코로나19 바이러스가 확산되었을 때 자가격리자에게 적용된 조항은 동법 42조의 강제처분, 47조의 방역조치, 49조의 예방조치이며, 이를 위반할 경우 79조에 의거 1년 이하의 징역 또는 1,000만원 이하의 벌금형에 처해질 수 있다.

음압병동의 귀신

1

어릴 때부터 다양한 호흡기 질환에 시달리는 편이다. 봄철마다 꽃가루 알러지와 그로 인한 비염, 천식, 결막염 등 다양한 질환을 겪고, 각각의 질환에 따른 대처법도 어느 정도 익혀둔 상태다. 기침 한 번 재채기 한 번으로 역적이 되는 세상이기에 더더욱 몸단속에 나서지만 마음처럼 쉽지가 않다. 코를 풀 때마다 옆자리의 따가운 시선을 받는 일, 어디 방문할 때 내 30년 알러지 병력을 믿고 호흡기 증상이 없다고 체크하는 일 등은 차라리 익숙하다. 정녕 익숙하지 않은 것은 혹시 내가 코로나에 감염된 건 아닐까, 하는 내 안의 공포다.

누군가와 노콘 섹스를 한 다음에 HIV 검사 때까지 몸에 핀 두드러기를 보고 온갖 상상의 공포에 휩싸이는 일은 게이라면 누구나 한 번쯤 겪어본 경험일 것이다. 그 공포에서 어느 정도 벗어날 수 있던 방법은 설령 내가 HIV 감염이 되더라도 그 이후의 삶이 불가능하지 않다는 것을 배우고 경험하는 일이었다. 다행히 내 곁엔 나보다 더 건강한 삶을 사는 감염인들이 있었고 그들의 언행 하나하나가 나에겐 스승이었다. 내 것이라 생각하기도 싫은 어떤 상태에 대해 비로소 윤곽이 잡히고 삶으로 상상할 수 있는 길이 생긴다는 것이 가지는 의미가 그러했다. 물론 그럼에도 감염인과 비감염인 사이엔 추체험으로 건널 수 없는 피의 강물이 흐르고, 그 격절을 겸허하게 마주하는 것 또한 내 곁의 감염인들을 통해 자연스레 배우게 된 것이다.

새삼스럴 것도 없는 고뿔을 앓는 와중에 이것이 실은 코로나 증상이 아닐까 하는 의심도 이 시국에 누구나 한 번쯤 겪어봤을 경험이다. 그 공포에서 벗어나기 힘든 까닭은 내가 코로나에 걸렸다면 그 이후에 벌어질 파국을 감당할 자신이 없기 때문이다. 나와 만난 모든 사람에게 민폐를 끼칠 것은 물론이고, 특히 그중에 게이를 비롯한 성소수자가 포함돼 있다면 그와 나의 관계는 백일하에 드러나 추궁의 대상이 될 것이다. 성매개 감염을 떠나 누군가와 마스크를 벗고 마주 앉거나 악수해서도 안 되는 질환에 대해 나는 마음의 준비가 되어 있지 않다. 나처럼 마음의 준비가 되어 있지 않은 어떤 게이들은 단톡방에서 은밀히 확진자 명단을 공유하거나, 종태원 인증샷을 올리는 게이들을 욕하거나, 그들이 욕한 바로 그 게이들이 했던 행위를 암암리에 하거나 할 것이다. 나는 그런 그들을 욕할 마음이 없다.

나 또한 사회적 거리 두기 2단계가 발령된 이 정국에, 내 입과 코에서 나오는 숨결이 온전히 깨끗하지 않은 듯한 이 와중에도, 누군가라도 만나 말을 섞고 비말과 입술을 나누고 싶은 생각에 사로잡힌다. 몇 번의 노콘 섹스가 그랬던 것처럼, 나는 그런 충동을 잘 제어할 때도 있지만, 어떤 날은 그에 실패하는 때도 있다.[1]

너와 내가 무증상 확진자가 아니라는 걸 확신할 방법이 없다는 것은 섹스하면서 너와 내가 HIV 감염인이 아니라는 걸 확신할 방법이 없다는 것과 비슷하고, 콘돔이나 프렙$^{PrEP+}$ 등 몇 가지 공증된 예방책조차 주어지지 않은 채 모든 걸 팔자소관에 맡겨야 하는 심정과 비슷하다. 내 신세를 불가해한 팔자에 맡겨야 하는 상황 자체가 스스로에 대한 모욕에 가깝다.

현재의 HIV 검진으로는 지금으로부터 3개월 전의 감염 여부가 확인 가능하다. 그건 결국 지금 여기의 내 감염 여부는 알 방법이 없다는 것을 의미한다. 코로나19의 경우 바이러스가 체내에 충분히 증식되기까지 2~14일 정도의 잠복기를 갖기 때문에 이를 기준으로 자가격리 기간을 산정한다. 무엇보다 밀접접촉 시 비말이나 공기를 매개로 감염되는 코로나19는 HIV에 비해 전염이 압도적으로 용이하고, 따라서 오늘 아침 음성 판정을 받았다고 해서 오늘 저녁에 감염되지 않았으리란 보장도 없다.

팔자가 상황을 압도하고 존재가 뜬금없는 것으로 취급될 때 우리는 주로 불안하다. 팔자가 대충 썰어놓은 삶을 거듭 가지런히 정돈하며 사는 것이 대체 뭔 의미인가 싶은 것이다. 내일을 낙관할 수 없는 불안한 사람들은 그 모든 사태에 모조리 둔감해지거나, 찰나라도 그 사태를 잊을 만큼 강렬한 자극을 찾아 헤맨

+ HIV 바이러스 노출 전 예방법 및 예방약제(Pre-exposure prophylaxis)를 가리킨다.

다. 내 집에 불이 나면 남 세상이 타올라도 신경이 덜 쓰이고, 그 불타는 집구석에서 모쪼록 무증상 확진자가 아니어야 할 인간들과 뒹굴며 내 운빨을 시험해보는 마음도 간절해진다.

그러다 하루는 꿈을 꾸었는데, 원하지 않은 상황 속에서 코로나19 검진을 받게 됐고, 과연 양성 판정을 받는다. 연행되다시피 끌려간 음압병동은 정신치료를 위해 작위적으로 천진한 내부로 꾸며져 있다. 의무관인지 수사관인지 모를 사람들이 찾아와 내 동선 하나하나를 체크하고는, 이날 이곳에서 만난 사람과 어떤 관계인지를 묻는다. 나는 이런 시국에도 불구하고 왜 그 사람과 만나게 되었는지를 거듭 변명하고, 그 변명에 아랑곳 않듯 취조관은 똑같은 질문을 반복해 물어온다. 끝도 없는 질문에 답을 지어내는 과정에서 나는 점점 이야기하지 않아도 될 그와의 일을 떠들고 있는 스스로를 발견한다.

비로소 만족스런 얼굴을 한 취조관들이 떠나고, 사생활과 서사를 다 빼앗긴 파리한 몰골의 수용자들은 서로 아는 척을 하지 않는다. 그들의 얼굴이 내 얼굴과 진배없음을 거울을 보지 않고도 예상할 수 있을 때쯤 잠에서 깼다. 눈을 뜬 후에도 한동안 꿈과 현실이 분간되지 않았다.

3

2020년 7월 24일, 코로나19 성소수자 긴급대책본부는 이태원 집단감염 사태 이후 음압병동에 머물렀거나 자가격리를 경험한 당사자들과 집담회를 가졌고, 당시의 녹취록을 포함한 대책본부의 활동백서를 12월 출간했다. 5월 2일 킹클럽을 방문한 이후 코로나19 확진 판정을 받은 한 참가자는 자신이 머물던 치료실 안에 CCTV가 있었고, CCTV로 보이지 않는 사각지대에 조금만 오래 있어도 병원 직원들이 찾아와 문을 두드렸다고 증언했다.[2]

한편 2020년 12월 20일 서울시 송파구 소재 동부구치소에서 총 184명의 확진자가 발생했고,[3] 4차에 걸친 전수조사 결과 시설 내 확진자는 12월 30일 기준 800명을 넘어섰다.[4] 이에 대해 서울시는 문제의 원인 중 하나로 "과밀한 수용에 따른 확진자와 비확진자의 분리 수용공간 부족"을 언급했다.[5] 확진자 수가 폭증함에 따라 정부는 수용밀도를 낮추기 위해 서울 동부구치소 수용인원 중 일부를 청송교도소로 이감했고, 이에 지역 주민들의 반발이 잇따랐다.[6]

12월 25일에는 서울시 송파구에 위치한 장애인 집단거주시설 신아원에서 2명의 확진자가 발생했고, 4일 만인 29일 시설 내 확진자 수는 60여 명으로 불어났다.[7] 이렇게 확진자 수가 폭증한 원인으로 확진자가 나온 시설의 수용자 모두를 한 집단으로 묶어 외부와 격리하는 방식, 즉 '코호트격리'가 지목되었다. 이에 따라 29일 서울장애인차별철폐연대 등 7개 장애인 인권단체들은 코호트격리조치 해제와 시설수용자에 대한 '긴급 탈시설' 이행을 촉구했다.[8] 더불어 국제장기돌봄정책네트워크International Long Term Care Policy Network가 2020년 4월 12일 처음 발표하고 10월 14일 수정·보완한 케어홈(장기요양시설) 코로나19 관련 사망률 국제 예비조사 자료에 따르면, 코로나19 사망자 중 집단시설 거주 사망자 비율은 약 46%에 달하는 것으로 집계됐다.[9]

명월관의 기생들은 어디로 갔을까

1

코로나19 팬데믹 정국은 게이 커뮤니티의 다양한 위계를 드러 낸다. 그중 이번에 새삼 전면화된 위계는 바로 종태원에 누가 더 맘 편히 나오지 않을 수 있느냐는 것이다. 종태원 집단감염이 터 지고 나서 거길 가는 게 제정신이냐는 말이 종종 들리는데, 그들 의 표정에서 종태원의 게이 커뮤니티 문화는 경우에 따라 그들 에게 얼마든지 버릴 수 있는 카드였음을 깨닫는다. 그러니까 그 들 눈에 종태원은 유사시에 가장 먼저 없던 것으로 치부돼도 되 는, 실은 그렇게 취급받아도 되는 무언가인 셈이다.

물론 종태원이 가진 위계가 있다. 미모든 재력이든 좆 크기 든 종태원에 뛰쳐나오지 않을 정도로 심신의 부침에 덜 시달리 는 인격이든, 여기 나올 수 있는 것 또한 일정한 위계를 내장한 다. 그러나 종태원에 나오지 않을 수 있는 것이야말로 그보다 더 한 위계를 품고 있다. 이성애 사회에 티 안 나게 잘 섞여 있을 수 있고, 여기에서의 자신이 드러나면 바깥 세계에서 잃을 것이 많 으며, 잃을 것이 많은 만큼 뭐가 쌓여 있는 게 많다는 것이야말 로 말도 못 할 위계다. 뻔질나게 다니던 곳을 일거에 없는 곳처 럼 취급할 수 있는 여지야말로, 이성애 사회 속 게이 커뮤니티에

도사린 더 근본적인 위계다.

　팬데믹을 맞아 각자의 맥락으로 종태원에 안 나오는 사람이 있을 수 있다. 위계에 의하든 어쨌든 잃을 게 많다는 것도 그 나름의 피해자성이다. 그러나 내가 안 가겠다는 것과 가는 남더러 훈장질하는 것은 서로 까마득히 다르다. 따라서 이 시국에 종태원 안 나가는 게 무슨 대단한 지혜요 자긍심으로 포장되지는 않았으면 좋겠다. 종태원과 거기에 다니는 인간들에 대한 낙인은 아주 오래전부터 있었고 거기에 한 글자 더 보탠다고 살림살이 나아지지 않는다. 거듭 말하지만 종태원에 안 나올 수 있는 것이야말로 이 바닥에 깔린 결정적인 위계다.

　요즘처럼 모두가 힘들 때 평소 깔려 있던 업종별 위계에 대한 인식이, 소위 '이 시국에' 더 중요한 업종이 뭐고 덜 중요한 업종이 뭐라는 식의 더 노골적인 위계로 도드라지는 것 같다. 위계가 있으면 그에 대해 서로 사려하고 보정하는 것이 정녕 '서로 같아지는' 방법이다. 인간이 서로 같다는 것은 대부분 지금 여기의 현실이 아니라 힘겹게 도달해야 할 목표다.

　이태원 네거리 앞, 기자들이 진을 치고 클럽 입구를 찍는다. 그 취재 열기에서 어떤 오래된 기시감이 뇌리를 스친다. 방역은 핑계일 뿐이고, 그 이유에 뭘 갖다 놓든 그것을 빌미로 경우에 따라 결국은 얼마든지 칠 수 있는 업종이었다는 시커먼 심증이 습자지에 닿은 먹처럼 마음에 스민다. 그 옛날 스톤월항쟁의 불씨를 놓은 것은 이쪽 업소를 만만히 보고 시시때때로 쳐들어오는 경찰의 단속에 치를 떤 트랜스젠더 여성들이었다. 그녀들도 실은 아무쪼록 스스로 착하고 무해한 존재이고 싶었을 것이다.

2

명월관은 대한제국기인 1903년 9월 17일, 현재의 광화문 앞 동아일보 사옥 자리에 개업한 요정이었다.[1] 명월관은 "조선 요리점의 시조"라는 별칭에 걸맞게 뛰어난 교자상으로도 유명했지만,[2] 1907년 관기官妓 제도가 폐지된 후 궁궐에 출입하던 기생들이 접대를 하는 곳으로도 유명했다. 더불어 인사동에 위치한 태화관은 명월관의 '분점'으로 통칭되기도 했는데,[3] 이곳에서 1919년 3·1운동 당시 민족대표 33인의 기미독립선언서가 낭독되기도 했다. 명월관은 이후 1919년 5월 23일 오전 6시경 화재로 전소되었고,[4] 1921년 5월 10일 종로3가 피카디리극장 근처의 돈의동으로 위치를 옮겨 개업하였으며,[5] 이곳에서 1990년대까지 영업을 이어나갔다. 이후 명월관의 한옥 건물은 해체되어 강원도 홍천군으로 이전·복원 후 강원민요연구원으로 사용되어 현재에 이른다.[6]

　한편 1970년대부터 신촌 일대에 존재했던 통기타 라이브 카페와 록카페가 1990년대에 "퇴폐 향락 공간"으로 경찰의 단속을 맞자,[7] 1992년 개업한 록카페형 클럽 '스카SKA'를 필두로 홍익대 앞 지역에 클럽문화가 꽃피기 시작했고,[8] 1994년에는 클럽 '황금투구'가 개업하여 이듬해 '명월관'으로 개칭되었다. 공교

롭게도 당대의 요정과 상호가 같았던 클럽 명월관은 고용된 '접객원'에 의한 접대나 성매매 알선 없이 음악과 춤을 즐기는 공간이자 한국 1세대 언더그라운드 클럽으로 이름을 날렸다. 수많은 아티스트와 DJ가 명월관을 다녀갔으며, 한때 국내 최장수 클럽으로 자리매김했다. 한편 이보다 앞선 시기인 1994년 3월 워커힐호텔에 입점한 동명의 한식당이 명월관의 상호를 문제삼자, 클럽 명월관은 2007년 'MWG'로 상호를 변경하기도 하였다.[9] 2001년 3월부터는 MWG를 포함한 홍대 앞 22곳의 클럽을 한 장의 티켓으로 출입할 수 있는 '클럽데이'가 월 1회 기획·운영되었다.[10]

이러한 홍대 클럽은 그곳이 가진 문화적 가치에도 불구하고 오랜 기간 온전히 합법으로 운영되지 못했는데, 그 이유는 클럽을 비롯한 업소를 관리하는 「식품위생법」과 「식품위생법 시행령」의 조항 때문이었다. 업소에서 무대 및 조명시설을 설치하고 춤을 출 수 있는 공간을 운영하는 것은 동법에 의해 매우 까다롭게 규제되었는데,[11] 원칙적으로 이러한 무대의 설치는 1종 유흥허가, 즉 유흥접객원을 합법적으로 고용할 수 있는 '룸살롱' 등의 업장에서만 허용되었다.[12] 1종 유흥허가는 구청에 의해 매우 까다롭게 관리되고, 사실상 신규 허가가 어렵기 때문에 해당 허가가 있는 업장은 높은 권리금이 매겨지며, 세율도 높은 편이라 대부분의 클럽들은 '일반음식점' 허가를 바탕으로 비합법으로 영업하는 것이 현실이었다.

이렇게 무대와 가무를 기준으로 유흥업소의 등급을 엄격하게 구분하는 전통은 무려 1908년으로 거슬러 올라가는데, 그해에 제정된 「기생단속령」과 「창기단속령」은 노래와 춤을 담당하는 '예기藝妓'가 무대에 서는 "1종 요리점"과 전업 성매매에 종사하는 '창기娼妓'를 고용하는 "2종 요리점"을 엄격히 분리하였다.[13] 음주 가무와 성매매를 구분하고자 했던 것은 조선총독부와 기생조합 양쪽 모두가 원한 바였지만, 그 둘은 종종 분리되지 못했다. 더불어 해방이 되고 공창제가 폐지되었으나, 그때 폐지된 것은 '창기'에 관한 법률이었을 뿐, '예기'와 관련된 규정은 거꾸로 「식품위생법」의 '접객부' 조항을 통해 현재까지 법조문에 살아남아 있다.[14] 성매매 금지 및 관리에서 출발한 법제가 성매매로부터 얼마간 자유로워진 유흥문화가 출현한 후에도 그대로 적용되면서 벌어진 문제였다.

이러한 법제도의 난맥을 돌파한 것은 지방의회였다. 2016년 2월 4일 개정·시행된 「식품위생법 시행규칙」으로 일반음식점 허가로 운영되던 클럽들의 1종 유흥주점 허가 변경이 강제된 대신, 동 규칙 별표 17의 6조 타항 7의 신설을 통해 "특별자치도·시·군·구의 조례"에 의한 예외를 둘 수 있는 길이 새로 열렸다.[15] 이에 마포구의회 복지도시위원회는 2015년 11월 26일부터 12월 5일까지 9차례 회의를 열어 「서울특별시 마포구 객석에서 춤을 추는 행위가 허용되는 일반음식점의 운영에 관한 조례」를 성안하였고, 마포구의회는 12월 17일 본회의에서 당 조례안을 확정, 이후 조례규칙심의위원회 가결을 통해 2016년 2월 19일자로 조례가 공식 시행되었다. 동 조례는 마포구 내 "춤 허용 업소"의 정의 및 신청 절차에 대해 명시하고 있는데,[16] 이에 따라 서울시에서 일반음식점 허가로 운영되는 클럽들 중 마포구에 위치한 업소들이 합법적으로 영업할 수 있는 길이 열렸다.[17]

　이렇게 클럽이 기존의 '룸살롱'과 같은 유흥허가로 관리되는 현실에 대해서는 마포구 조례안 심사과정에서도 지적된 바 있으며,[18] 시행규칙 개정 당시 "자칫 춤을 추는 행위 자체를 질서 유지의 대상으로 본다는 비판"을 초래할 수 있다는 의견이 제기되기도 했다.[19] 특히 2019년 르메르디앙호텔 지하의 클럽 버닝썬 사태가 터지자, 홍대 클럽 관계자는 "클럽에 대한 인식 자체가 부정적으로 변한 것 같다"고 전하기도 하였다.[20]

3

한국에서 '관광호텔'은 일반 호텔과 명칭만 비슷할 뿐 업장을 관장하는 법령과 영업 허가의 성격이 매우 다르다. '관광호텔'이 법적인 용어로 자리잡은 것은 5·16 군사쿠데타가 발생한 해인 1961년 8월 22일 「관광사업진흥법」이 공포·시행된 이후부터다. 동법 21조에 따르면 관광호텔 및 이에 부대되는 '관광시설'은 교통부장관의 등록으로 관리되었으며, 이들 시설의 이용 대상은 "외국인 관광객"이었다. 더불어 1963년 3월 5일 개정된 동법 47조를 통해 이들 '관광사업'에 해당되는 업소에는 주류세를 면세하는 규정이 신설되었고, 1967년 2월 28일 개정된 동법 15조에서는 아예 시설 이용의 대상을 "주한국제연합군 및 외국인 선원 전용"으로 못 박았다. 즉 관광호텔은 본래 외국인 관광객을 대상으로 외화를 벌기 위해 만들어진 업종이었다.

그중 대표적인 곳이 1963년 4월 8일 개관한 워커힐호텔이 었다. 이 호텔의 착공은 다름 아닌 중앙정보부에 의해 진행되 었으며, 1957년 7월 1일 도쿄에서 서울 용산으로 이전한 미8군 사령부 및 UN사령부 소속 군인들의 "(성적)휴식과 오락Rest and Recreation"을 담당할 위락시설을 건립해 외화를 흡수하기 위한 목 적이었다. 호텔 개관 후 이곳에 위치한 '퍼시픽 나이트클럽'은 외국 유명 뮤지션의 공연과 더불어 선정적인 의상을 입은 여성 댄서들의 군무로 구성된 '하니비 쇼'로 유명세를 탔다.[21] 야간통 행 및 심야영업 금지가 일상이었던 당시에 이들 관광호텔은 외 국인 관광객을 대상으로 야간영업이 허용되는 특혜를 누렸다.[22] 그만큼 당시 관광을 통한 외화 획득은 중요한 과제였으며,[23] 이 에 따라 워커힐호텔은 '달러'를 부르는 "환락의 궁전"으로 자리 잡았다.[24] 2019년 문제가 된 르메르디앙호텔 지하의 클럽 버닝 썬은 이러한 '관광호텔'의 역사적 맥락 위에 놓인 공간이었다.

용산 미군기지에 인접한 이태원에 1964년 개업한 킹클럽 도 이와 비슷했던 공간으로, 주한미군 및 외국인 관광객 전용으 로 설치된 클럽이었다. 더불어 워커힐호텔 주변에 성매매 여성 들이 배회하였듯이,[25] 미군을 접대하기 위해 마련된 이곳에도 '미군 위안부'가 출입하였고, 이들 중 일부는 관광 정책을 명목 으로 '위안부'라는 명칭하에 국가가 공식 관리했다.[26] 한편 1968 년에는 킹클럽에서 술을 마시다 미군과 함께 나간 '위안부' 여성이 숨진 채 발견되었는데, 시신의 주변에는 방화로 추정되는 불이 번져 있었다.[27] 킹클럽의 장부를 조사한 결과, 당일 사망 여성과 동행하여 동침한 용의자는 미8군 19지원대 본부중대 소속 스몰우드 상병으로 밝혀졌는데, 이는 1967년 주한미군지위협정 SOFA이 발효된 후 두 번째 발생한 살인사건이었다.[28] 또한 1988년 8월 3일에는 킹클럽에서 한국인 남성 종업원 3명이 미 해군함 뉴저지호 소속 차스·본드 일병 및 미 해군 수병 7명에게 집단폭행을 당해 전치 3주의 상해를 입기도 하였다.[29]

1990년대로 접어들어 정부가 심야영업 규제의 고삐를 다시 조이는 한편, 1993년에는 「관광진흥법」 개정을 통해 '관광특구'로 지정된 지역에 대한 심야영업 금지조치 해제를 발표하였고,[30] 이에 따라 관광특구 내 유흥업소의 24시간 영업이 가능해졌다.[31] 이태원은 1997년 10월 4일 밤 12시부터 관광특구로 지정되어 이곳에서도 24시간 영업이 가능해졌으며, 당시 서울 시내에서 유일하게 지정된 관광특구였다.[32] 이후 1999년 3월 1일 유흥업소의 심야영업 제한 해제조치를 통해 심야영업 금지는 비로소 과거의 일이 되었다.[33] 세월이 흘러 2018년 용산 미군기지의 주한미군사령부와 UN군사령부는 경기도 평택으로 이전하였고, 새로 이전한 평택 기지에 영내 대규모 쇼핑센터가 조성되면서 인근 유흥업소 상권은 이전처럼 조성되지 않았다.[34] 주한미군 전용 클럽으로 오래 운영되었던 킹클럽 또한 2017년을 기점으로 그 성격이 게이 클럽으로 바뀌었다.

2020년 코로나19 집단감염 사태가 발생하자, 방역 당국에 의한 클럽 대상 집합금지 명령 및 영업제한 조치가 쉼 없이 이어 졌다. 국내 최장수 클럽으로 26년의 전통을 이어오던 명월관은 2020년 3월 6일 이후 마포구청의 권고에 따라 자율 휴업에 동참 하였고, 계속되는 운영난 끝에 결국 같은 해 9월 27일 문을 닫았 다.[35] 명월관 대표는 "제 몸의 뼈를 스스로 산산히 조각내는 느 낌"으로 "명월관의 유구한 역사를 내려놓"는다고 언급했고,[36] 혹 자는 명월관의 폐업이 "'홍대 앞 문화'의 종말"을 상징한다고 평 가했다.[37] 킹클럽은 2020년 5월 2일 코로나19 확진자의 방문으 로 성소수자 혐오를 포함한 여론의 포화를 맞았고, 10월 말 할로 윈을 앞두고 방역수칙 위반 즉시 형사고발되는 "원스트라이크 아웃제"가 시행됨에 따라 해당 주말 자진 휴업하였으며,[38] 사회 적 거리 두기 2단계를 맞은 2020년 11월 30일 이후 방역 당국의 방침에 따라 휴업 중에 있다.

3 부 —

다른 세상의 꿈

문빠 게이의 자긍심

1

동성애자들은 왜 억압받을까. 이는 쉬워 보이지만 좀체 생각하기 어려운 질문이다. 억압이란 본래 '왜'를 묻지 않기 때문이다. 한창 억압받고 있을 때 '왜'라는 질문은 대개 소용이 없다. 억압은 이미 주어진 현실이므로, 보통은 그걸 안고 당장 어떻게 살 것이냐가 문제가 된다.

억압을 당하다 보면 그것이 내게서부터 왔는지 남에게로부터 왔는지 흐려지기 십상이다. 어쨌든 억압을 안고 살 생각을 하기 시작한 그때부터 내 선택 또한 그 억압을 이미 염두에 놓게 되는 까닭이다. 그 과정에서 억압은 어느새 내가 승인하고, 적응하고, 때로는 창조적으로 뒤틀기도 하는 방식으로 삶 속에 자리잡는다. 억압은 굳건하지만, 사람은 누구나 인생을 창조적으로 살고 싶어 한다. 그리고 그 굳건한 억압 또한 어쨌든 내 안에 있으므로, 끝내는 내 것이 된다.

시간이 지나고 무언가에 옥죄인 상태에서도 그럭저럭 살아갈 길이 있음을 깨닫고 나면, 처음에 나를 옥죄었다고 생각했던 그 억압에도 무언가 뜻이 있는 게 아닐까 생각하게 된다. 사람은 누구나 인생을 창조적으로 살고 싶어 하므로, 겪을 수밖에 없었던 억압과 마치 처음부터 그랬던 것 같은 내 허약함 또한 그 속에 어떤 섭리가 도사리고 있을지 모른다. 결국엔 내 약함에도 다 뜻이 있던 것이며, 그렇게 살아오는 가운데 나는 내 억압과 내 인생을 비로소 한 몸으로 겪어내는 법을 찾아온 것이다.

생각이 거기까지 다다랐을 때, 내가 겪은 억압과 비슷한 억압을 함께 겪던 사람이 어느 날 그 억압을 공공연하게 입에 올리며 나중이 아니라 지금 당장 그것을 타개해야 한다고 외친다면, 그 사람이 아직 뭘 잘 몰라서 그런 소릴 하는 것처럼 들리게 된다. 왜냐하면 그 사람 외에 나한테도 자리잡은 그 억압에 대해서라면, 내가 그보다 훨씬 더 잘 알고 있기 때문이다. 내가 억압이 억압인 줄 몰라서 당신처럼 나서서 떠들지 않은 줄 아는가. 억압은 그렇게 해서 없어지는 것이 아니다.

뭘 잘 모르는 모양인데, 세상이 얼마나 무서운지 아는가. 이 굳건하고 기대할 것 없는 세상에서 최선의 길은 억압 가운데서도 그나마 내 삶을 알아서 꾸릴 길을 찾는 것이다. 이 가운데서도 따낼 것은 얼마든지 있고, 이 상태도 그런대로 살 만하다. 그걸 저들이 제대로 모르기 때문에, 알려고 들지 않기 때문에 저렇게 큰소리들을 치는 것이다. 그건 여기 이렇게 옥죄인 한가운데를 몸소 살아본 사람이 아니면 모른다. 제대로 안 살아봤으니까 저리 철없는 소리들을 외쳐대는 것이다.

그럼 우리는 그 억압을 어떻게 바꿔야 하는가. 해답이 없는 것은 아니다. 다만 그것을 바꾸기 위해서 섣불리 세상의 노여움을 사면 안 된다. 따지고 보면 세상 사람들도 얼마간은 이유가 있어서 우리 같은 소수자를 미워하는 것이다. 게이들끼리 있으면서 게이에 진절머리 났던 경험, 한 번씩은 있잖은가? 일반 사람들은 자연히 더할 것이다. 그러니 그들의 심기를 다치게 하지 않으면서 우리가 겪는 억압을 잘 걷어낼 수 있는, 모두를 만족시킬 만한 미로 같은 대답이 준비되어야 한다. 나는 그걸 할 자신이 없었기에 이렇게 사는 것이지만.

한데, 그것보다 한참 덜떨어진 거친 대답을 내놓고서는, 감히 내 억압을 대변하겠다는 것인가? 가당찮은 짓이다. 하물며 그 성긴 구호를 그렇게 시끄럽게 외쳐대고, 그것으로 세상의 심기를 어지럽히는 일은 나 하나의 문제가 아니라 우리 소수자 전체의 이미지와 인권을 해치는 일과 다름없다. 다시 말하지만, 내가 지금 내가 겪는 억압이 뭔지를 몰라서 당신처럼 나서서 떠들지 않은 줄 아는가?

자신이 약자라는 인식은 종종 중독적이다. 그렇기에 '왜' 억압받느냐는 질문은 때로 전복적이다. '왜'를 캐묻는 순간, 내 삶과 끈덕지게 붙어 있던 억압의 형태를 스스로 다시 배치해야 하고, 그것은 퍽 낯설고 고통스런 일임에 분명하기 때문이다. '왜'를 묻지 않는다면, 현실 가운데 어떻게든 몸 맞춰온 모든 삶의 형태는 그저 그 자체로 옳다. 모든 것은 상황이 그렇게 만든 것이고, 거기에 나도 부역했으며, 이제 와 큰 것을 따져 묻는다 한들 무슨 소용이 있겠는가.

그러나 우리의 삶은 때때로 그 삶의 관성을 바꾸는 질문이 필요하다. 대체 '왜' 우리가 살던 모습 그대로 살아야 하는지, 그 사는 모습은 과연 누가 조형해낸 것인지, 그들은 '왜', 무엇 때문에 소수자가 그저 이대로 쉬쉬거리고 사는 모습을 원했던 것인지, 살면서 한 번쯤은 따져 물어야 할 때가 있다. 그때가 굳이 지금 당장은 아니더라도 언젠가는 그러해야 할 때가 온다. 스스로를 오래 미워하고 미뤄두기에, 사람은 너무도 영악하고 또 허약한 존재이기 때문이다.

2

2017년 4월 25일, JTBC 대통령 후보 초청 토론회에서 홍준표 후보는 "동성애 때문에 한국에 에이즈가 창궐한다"면서, 당시 문재인 후보에게 "동성애를 반대하느냐"고 물었다. 문재인 후보는 이에 "반대한다"고 답했고, 또 "동성혼을 합법화할 생각이 없다"고도 언급했다.[1]

이튿날인 2017년 4월 26일 11시 30분경, 국회 본청 앞에서 열린 '천군만마 국방안보 1,000인 지지선언 기자회견' 현장에서 성소수자차별반대 무지개행동 활동가들은 행사에 참석한 문재인 후보에게 다가가 무지갯빛 깃발을 들고 항의시위를 벌였다. 시위 후 활동가들은 강제 연행됐고,[2] 이에 무지개행동을 비롯한 차별금지법제정연대, 전국민주노동조합총연맹, 민주사회를 위한 변호사모임, 참여연대, 한국여성단체연합, 한국여성민우회, 알바노조 등 각 사회단체들은 연행을 규탄하는 성명을 발표했다.[3]

한편 이 시위가 언론에 보도된 당일, 한국게이인권운동단체 친구사이 홈페이지의 자유게시판에는 문재인 지지자로 추정되는 많은 사람들이 시위를 비난하는 글과 댓글을 남겼다.[4] 그들의 주장을 요약하면, 국회 앞에서 문재인 후보를 향해 무지개 깃발을 들고 다가간 일은 "불법행위"이자 "백색테러"이며 "기습무력시위"였다는 것이다. 더불어 이들 중 대다수는, 더 극렬한 발언을 했던 홍준표 후보를 찾아가지 않고 당선이 유력한 문재인 후보에게 찾아간 것을 문제삼았는데, 이들은 그 이유를 "문재인이 만만했기 때문"이라고 파악했다. 이들은 성소수자 인권운동이 "지난 9년간 대체 뭐 했냐"고 물었고, "10년 만에 자유가 보장될 마당에 멱살잡이라니" 용납할 수 없다는 의견을 내비쳤다.

나아가 성소수자를 "이번 일을 계기로 혐오하게 되었다"는 언급도 많았다. 따라서 혐오를 당하더라도 그것은 "당신들이 자초한 것"이며, 이번 기회를 통해 "차별을 뒤도 되는 집단"임이 굳어졌고, "보호나 권리를 더 챙겨주면" "호구"로 보고 "더 지랄을 할" 것이라는 댓글도 있었다. 더불어 "퀴어축제"의 "노출" 등이 "혐오스럽다"면서, 문재인 후보에게 활동가들이 시위한 것처럼 "퀴어축제 때 우리도 난입하겠다"는 문재인 지지자들의 반응도 엿보였다.

이러한 글과 댓글들 가운데는 성소수자 혹은 게이 당사자가 쓴 것으로 추정되는 글도 상당수 포함되어 있었다. 즉 "여러분은 모든 LGBT들을 대표하는 분들이 아니"며, 문재인 앞에서의 시위는 "홍석천·하리수가 앞당겨놓은 인권"을 "10년 뒤로 후퇴"

시켰다고 언급하는 댓글이 그것이다. 또한 이번 시위가 "조용히 각자의 삶에서 LGBT로서 열심히 살아가려는 저 같은 사람들에겐 자칫 큰 부담과 위협이 될 것"이라는 반응도 있었다.

그중 게이임이 분명한 한 사람이 강한 논조로 작성한 댓글들을 보면, 그는 인권활동가들의 이번 시위가 "자기 말고 남은 다 못난 년 취급"한, "이쁜이들의 이쁜 척"에 불과한 행동이라 비난했다. 또한 자신이 볼 때 성소수자에 대한 "포비아"는 "이유 없는 사회적인 기형적 발생이 절대로 아니"며, "포비아에게는 당신이 치열하게 싸우는 것보다 더 맹렬한 이유들이 존재한다"고 언급했다. 한편 2017년 5월 9일 문재인 후보가 대통령으로 당선되자, 그는 동성애자들이 "문재인 앞에서 패악질을 했으니" "동성애 합법화 추진은 무산될 것"이라 말하고는, 새 대통령에게 "98% 국민의 동성애 반대의 뜻에 따라 더욱 강력히 동성애 반대 정책을 수립해"줄 것을 간청하는 글을 올렸다.

시위가 있은 지 일주일 후, 친구사이의 후원회원 중 몇 명은 후원을 취소했고, 취소한 인원에 준하는 새 후원회원들이 들어왔다. 홈페이지 자유게시판의 글 도배는 사흘간 이어졌고, 이후 게시판은 예전으로 돌아왔다. 2017년 퀴어문화축제는 전해와 같이 혐오세력의 방해가 있었으나 예년대로 성황리에 개최되었다. 퀴어퍼레이드를 겨냥하며 예고되었던 문재인 지지자들의 항의시위는 발생하지 않았다.

3

2003년 4월 26일, 동성애자인권연대(현 행동하는성소수자인권연대) 운동가이자 시인이었던 故 육우당이 스스로 목숨을 끊었다. 그는 생전에 기독교단체의 호모포비아적 혐오발언을 격렬히 비판했고, 「청소년 보호법」의 동성애 유해 지정에 크게 반발했다. 유서를 통해 그는 "동성애자의 차별을 없애는 데 힘써달라"고 밝혔다.[5]

한편 1999년 개장하여 남성동성애자 최대 포털사이트로 거듭난 '이반시티'에는 당시 다양한 게시판이 있었는데, 그중 '백일장' 게시판에는 문재를 뽐내는 글들이 많이 올라왔다. 이 게시판은 현재도 운영되고 있는데, 섹스어필을 다루는 글이 대다수인 최근과는 달리 2003년 당시에는 비교적 다양한 주제의 글들이 게시판을 채웠다. 이 게시판에 故 육우당 사망 직후 그를 추모하는 시 한 편이 올라와 눈길을 끈다.

밤의 한쪽이 떼어 화분이 된다
어둠을 먹고 검은 꽃 핀다
누가 심었니
햇살 걸린 벼랑 같은 베란다
검은 밤의 내 화분 검은 꽃은 누가 거기 갖다 놓았니
너는 그래서 시드는구나
밤이 아니고 어둠이 아니라서
눈부신 햇살이어서 너는 죽는구나

무척이나 따갑게 내리쬐었을까

비추임에 음영 진 흑백으로 너를 파헤쳐냈을까

어둠에서 어둠 먹고 검은 꽃으로 피어난 너는 향기로왔는데

검은 꽃의 검은 향기 무겁게 피었어도 너는 아름다웠는데

너는 왜 죽었니

어둠에서 어둠으로 있었어도 너는 꽃이었는데

보이지 않는 것은 존재하지 않는댔어도

너는 분명 거기 있었고

향기롭게 피어났었는데

누가 어둠을 걷는다고 햇살 드리워

창백한 오후 속에 누가 너를 갖다 놓았니

너는 왜 죽었니

죽었대도 다시 살아나 내 화분의 검은 꽃

나를 피우고 너를 피워서

우리는 존재하지 않았대도 분명 거기 있어서

어둠에서 어둠으로 이어지는 밤의 시간 속에서

너를 잇고 나를 이어서 우리에게로

그렇게 다시 살아나서

내 화분의 검은 꽃으로 피어나서

너는 죽었대도

보이지 않았어도 존재하는 내 화분의 검은 꽃으로 피어날 테지

그럴 테지

　　　　　　　 ─길, 〈내 화분의 검은 꽃: 姑 육우당 님을 추모하며〉,
　　　　　　　　　　이반시티 백일장 게시판, 2003.4.20.[6]

이 시가 故 육우당을 추모하는 방향은 인권운동을 통해 공식화된 추모의 방향과는 사뭇 다르다. 故 육우당을 가리키는 "검은 꽃"은 "어둠" 속에서라면 잘 살 수 있었을 것을, "햇살 걸린 벼랑 같은 베란다"의 "눈부신 햇살"에 내놓았기 때문에 "죽은" 것이라고 시는 이야기한다. 그러면서 고인을 가리켜 "검은 꽃의 검은 향기 무겁게 피었어도", "어둠에서 어둠으로 있었어도 너는 꽃이었"다며 그의 죽음에 아쉬워하고, 또 "누가 어둠을 걷는다고 햇살 드리워 / 창백한 오후 속에 누가 너를 갖다 놓"느냐는 시구를 통해 당시 운동단체에 대한 원망을 토로하기도 한다. 나아가 이 시는 커밍아웃 등 운동단체를 통한 성소수자의 삶의 방식뿐만 아니라, 공공연하지 못한 존재 방식 자체에도 그 나름의 역사성이 있다고 주장한다. "우리는 존재하지 않았대도 분명 거기 있어서 / 어둠에서 어둠으로 이어지는 밤의 시간 속에서 / 너를 잇고 나를 이어서 우리에게로 / 그렇게 다시 살아나서"라는 표현이 이를 암시한다.

그러나 그 시절을 겪은 다른 누군가들은 결코 그 "어둠에서 어둠으로 이어지는 밤의 시간"에 만족할 수 없었을 것이다. "내 화분의 검은 꽃"처럼 죽음과 어둠이 내 안에서 서로 뒤섞여 혼동될 때조차 그들은 머리 위로 햇살이 내리쬐도 좋은, 그 빛을 버틸 수 있을 만한 자신과 세상을 꿈꾸었을 것이다.

만약 故 육우당이 좀 더 오래 살았다면, 어느 날 그 어둠이 자라고 자라 비로소 빛이 되었다는 내용의 시를 언젠가는 쓸 수 있었을지 모른다. 그렇게 빛이 되고서도 기나긴 과거의 어둠을 감싸 안을 줄 아는 그런 빛이 있었다는 이야기를, 그가 살아 있었다면 언젠가 눈으로 보고, 또 몸소 실천했을는지도 모를 일이다.

이성애의 배신

어떤 게이들은 왜 은둔이 될까.

사람은 누구나 어려서부터 이성애를 자연스레 경험한다. 교과서에는 철수와 영이가 나오고, 우리 아버지와 우리 어머니의 웃는 얼굴이 나온다. 미국의 몇 개 주를 제외하고 어린이에게 동성애란 것도 있음을 가르치는 나라는 몇 없다. 그러니 자연히 이성애는 올바른 것이 되고, 장차 그렇게 되어야만 하는 것이다. 따라서 사춘기 시절 음습한 영상과 장소 속에서 경험했을 내 성적 지향은 말 그대로 음습한 것이고, 그것은 이성애가 숲속의 아기사슴 밤비처럼 뛰어노는 아름다운 세상과는 이내 상관없는 것이 된다. 나는 이 의뭉스런 음습함보다는 저 밝은 세상에 머물고 싶다. 나도 남들처럼 사랑하고 관계 맺는 저 따뜻하고 자연스런 곳으로 향하고 싶다.

나는 드라마에서 자주 본 대로 예쁜 여자와 연애를 하게 될 것이다. 그녀와 떨리는 손을 쥐고 마음 졸여가며 아껴둔 스킨십을 나눌 것이고, 방송에서 본 대로 이벤트를 하고 선물을 나눌 것이다. 그런 몇 번의 연애 끝에 하얀 면사포를 쓴 아내와 결혼을 할 것이고, 내 집에서 오손도손 지내며 내 얼굴을 똑 닮은 아이를 가질 것이다. 매 아침 식탁엔 따뜻한 밥이 오르겠고, 내 아이는 썩 공부를 잘할 것이며, 그런 아이의 재롱을 즐거이 보아가며 화목한 가정을 꾸릴 것이다. 몇 번의 일탈도 있겠지만 이내 안전한 삶의 궤적으로 돌아올 테고, 아내와 자식 사이에서 세상이 허락한 대로 노후를 누리며 복되이 늙어갈 것이다. 이 모든 예정된 미래를 두고 음습한 내 삶에서 피어오르는 나쁜 예감을 따라 인생을 망칠 이유는 없는 것이다. 나는 인생에서 뭐가 중요한지를 아는 사람이니까.

그러나 이성애자들 모두가 실제로 그런 장밋빛 인생을 사는 것은 아니다. 저 장대한 생애사의 관문마다 주어진 교범에 맞게 역할을 다하는 일은 쉽지 않은 퀘스트이자 만만찮은 강도의 노동이 필요하다. 연애와 결혼과 집 장만과 육아와 저축과 자녀교육과 노후를 막상 맞닥뜨렸을 때의 무게는, 으레 그렇게 되리라던 이성애의 교범보다 언제나 무겁다. 자연스러운 전개처럼 이어지던 그 교범들의 구체적인 내용은 실은 늘 당사자가 새로 만들어가는 것이고, 그 창발의 실천 가운데 이성애를 포함한 인생은 비로소 자기 것이 된다. 그리고 그 모든 것을 관통하는 힘은 그것들에 내 마음이 동한다는 것이다. 이성애는 주어진 제도이고 교범이지만, 거기에 동하는 이성애자의 마음은 전부 다른 색깔과 경로를 갖는다. 따라서 삶에서 배워야 할 것은 언제나 남들이 떠드는 것 바깥에 있다. 인생이 재밌고 탄실하려면, 주어진 제도를 따르든 말든 그 마음의 길을 찾는 것이 중요하다.

여기서 꿈과 희망을 찾아 이성애 동산에 달려온 나는 망연해진다. 이성애자의 삶을 가능케 하는 게 이성애가 아니라면, 나는 여태 무얼 바라 이 길을 걸어온 것인가. 사회가 제공한 교범 이외의 것이 내 삶에 필요하다면, 그 구체를 만들 힘은 어디서 찾아야 하는가. 별안간 나는 내 삶이 대자적으로 낯설어진다. 따라가려던 그 이성애의 껍데기에 심지어 내 마음조차 얹히지 못한다면, 원래 그런 거라고, 마땅한 것처럼 이야기되던 이 모든 것들은 내게 다 무슨 소용인가.

이성애의 세계에 살고 싶어 이성애를 좇아왔는데 그 삶의 핵심이 이성애 제도가 아니라면, 그 교범을 따르는 것 외에 인생에서 몸소 챙겨야 할 게 이토록 많았던 것인가. 이에 대해서는 이성애 동산의 그 누구도 내게 제대로 가르쳐주지 않았는데. 썩 내키지도 않았던 몇몇 경험과 관계들 사이에서 내가 무얼 원해왔는지 새로 더듬어보지만, 그마저도 쉽지는 않다. 마음의 소리를 듣는 것도 습관과 훈련이 필요한 일이기 때문이다. 나는 어느새 무엇엔가 배신당한 기분에 사로잡힌다. 이 사회는 인간에게 마땅히 가르쳐야 할 것을 너무 가르치지 않아왔던 게 아닌가. 그런 것쯤 모른 채 살아도 괜찮다고, 한때 나를 안심시켰던 그 모든 것들의 정체는 과연 무엇일까.

2

2014년 5월 22일과 29일 양일, KBS에서는 〈KBS 파노라마: 실태

보고, 한국인의 고독사〉라는 2부작 프로그램이 방영되었다. 혼자 살다가 홀로 사망한 뒤, 장시간이 흘러 발견되는 "고독사"의 현장을 비롯해 고인의 유가족들과의 인터뷰가 카메라에 담겼다.

경찰의 변사 관련 자료와 전국 지방자치단체 무연고 사망자 관련 자료를 검토한 취재진의 조사에 따르면, 2013년 한 해에 보고된 "고독사"의 수는 1,717건이었다. 이는 시신이 훼손될 정도로 오랜 시간이 흐른 경우만을 포함한 것이었고, 사망 후 발견된 사례 중 시신 부패의 정도가 가벼운 경우까지 포함한 집계는 총 11,002건에 달했다.

부패가 심하게 진행된 "고독사" 1,717건을 살펴보면, 지역은 서울·경기권이 45.7%로 거의 절반을 차지했다. 연령대는 소위 베이비붐 세대인 50대가 29%로 가장 많았으며, 60대가 17.7%, 40대가 17%로 그 뒤를 이었다. 성별 분포는 여성이 17.1%인데 반해, 남성은 72.5%로 압도적인 차이를 보였다.[1]

3

사람은 제도가 아니다. 제도가 약속된 삶을 보장하고 그 약속된 삶이 곧 내 것이었다면, "고독사"로 죽는 이성애자들은 존재하지 않았을 것이다. 제도는 주어진 껍데기일 뿐, 사람은 그 안에서 내용을 새로 만들어야 한다. 따라서 내용을 만들 땐 그 껍데기를 너무 믿지 않는 편이 좋다. 가령 남성이 보다 일반적인 인간으로 여겨지는 까닭에, 많은 남성들은 거꾸로 인간으로서 삶의 경륜을 더 성기게 쌓는다. 인간이 제도를 너무 믿으면 그렇게 된다. 인생이 망가져가는 시점에서조차, 가부장제와 이성애 제도와 정상가족의 힘이 그래도 내 인생을 잘 해결해줄 것이라 믿었을 어떤 사람들처럼.

이 글을 보는 은둔 게이들과, 그 은둔 게이들이 그토록 닮고 싶어 하는 모범적인 이성애자들에게 하고 싶은 말이 있다. 나는 당신들이 고독사하지 않았으면 좋겠다. 이는 어쩌면 당신들이 나 같은 커밍아웃한 게이를 보고 한때 가졌을 생각인지도 모르겠다.

사회성의 피안

1

이성애자들 옆에서 입술을 달싹이던 기억이 떠오른다. 저들의 연애, 저들의 섹스, 저들의 결혼과 그를 바탕으로 일굴 가산의 축적, 저들의 기혼자 청약통장과 배당의 우선순위, 따지고 보면 하나도 내 것이 없던 그 모든 대화 주제에 얼마간 끼어보고 싶던 순간. 그 세계란 적어도 그 자리에서만큼은 너무도 강고하고 완결돼 보여서, 나는 그 흠 없는 세계에 누가 되고 싶지 않았다. 거기서 무어라도 한마디를 보탤 수 있느냐는, 나를 잊고 그들의 언어를 복화술처럼 따라 하며 당장 그들의 환심을 사는 데 투항하느냐에 달려 있다. 항복이란 주로 자존심이 상하므로, 그 완결된 풍경 가운데 입술을 달싹이며 앉아 있는 것도 일견 당연한 일이다.

이른바 커뮤니티에 잘 적응했다고 자부하는 일틱한 게이 가운데 한 끼순이 게이가 있다. 게이 치고 여성스러움 없는 게이 없다지만, 그의 것은 유달리 눈에 잘 띈다. 사람에 대한 사랑처럼 감출 수 없는 그의 끼는 소위 잘 팔리는 게이들 가운데 애써 자리의 흥을 돋우는 소재가 된다. 그런 방식만이 저들 사이에서 그가 끼어 놀 수 있는 문법이라는 걸 그는 알고 저들은 모른다. 저들은 남자다운 외관과 근육이 주는 계서제의 배당금에 잔

뚝 도취돼 있고, 그는 그 흠 없는 세계에 누가 되고 싶지 않다. 때로는 몇백 번이고 꺼내 든 너스레 외에 다른 얘기를 해보고 싶지만, 그의 달싹이는 입술은 양옆의 게이들이 외치는 남자한테 팔린 무용담에 묻혀 들리지 않는다.

성적인 호감과 욕구가 관계의 화폐처럼 거래되는 게이 커뮤니티에 한 소년이 앉아 있다. 그는 최근에, 혹은 예전에 어떤 남자로부터 동의하지 않은 성접촉을 당했다. 그와 비슷한 경험을 한 몇몇은 기왕 이렇게 된 거 몸 굴리고 살자며 저 거대한 화폐의 경제로 스며들었지만, 그는 왠지 그렇게 할 수 없었고, 그것이 자신의 책임인 것 같았다. 그 경험 이후 그는 이제까지 믿어왔던 성애의 세계, 혹은 그를 바탕으로 한 친밀함의 세계가 무너지는 소리를 들었다. 사석에서 허심탄회하게 술 마시며 얘기하다 보면 고민도 상처도 아름답게 해결될 것 같던 세계는 그에게 이미 박살 난 지 오래지만, 그에게 박살 난 세계의 철석같은 문법 위에서 어떤 이들은 운 좋게 사람을 사귀고 섹스를 나누기도 한다는 것을 그는 모르지 않는다. 그는 그 흠 없는 세계에 차마 누가 되고 싶지 않다. 입술을 달싹이는 그의 얼굴이 혼이 빠져나간 듯 파리하다.

눈앞의 사람들과 한 번쯤 부드러이 어울리고 자리에 맞는 말들을 구사하고 싶은 욕망은 누구에게나 있다. 그 욕망의 많고 적음과 별개로, 도저히 그렇게 할 수 없었던 사람과 상황 또한 실은 살면서 한 번쯤은 겪거나 목격해보는 것이다. 실은 대단한 것도 없을 그 사회성의 기싸움에서 끝내 도태되는 이들을 볼 때마다, 무언가를 말하려다 다문 입술 사이로 아주 오래전부터 말아온 성마른 고목 냄새가 코를 스친다. 여기 이 자리를 견딜 수 없었을 만물이 피해 숨은, 이 친밀함 뒤의 세계가 있었던 거다. 이 완결돼 보이는 사람 사이의 문법 자체가 누구에게는 끝내 하나의 외국어였던 거다.

어느 자리든 어느 공동체든, 우린 서로 같다고 대강 속을 수 있을 그 찰나의 욕망이란 중요하다. 거기에 온 마음을 다해 진심으로 속는 사람도 있고, 그게 불완전하단 걸 알면서도 그걸 통해 무언갈 도모해보려는 사람도 있다. 같음의 거짓이란 그만큼 달콤하고 사람을 끄는 무언가가 있다. 그것에 매료되고 마음이 끌리는 것부터가 나쁠 리는 없다.

그리고 그것이 알고도 속는 내 순정純情한 욕망이 아니라 남에게 칼을 꽂는 지경으로 나아가는 때가 있다. 너와 내가 실은 충분히 다르다는 벗겨진 진실을 얼마만큼 직면하느냐에 따라, 우린 그래도 같다는 조심스런 거짓이 반짝 쓸모 있거나 말거나가 갈린다. 내가 이 사람이랑 같이 놀고 있다 해서, 혹은 일하고 있다 해서 우리가 지금 같은 처지에 있는 건 아니다. 달라도 같고 싶은 거짓이 순정일 수 있기 위해서는 갖춰야 할 것들이 많다. 사람의 진심이야말로, 나와 아마도 참혹하게 다를 그 누구에게라도, 제 딴에는 진짜 마음일 터이므로.

미국의 온라인 작가 집단 독립게이포럼^{Independent Gay Forum}은 1998년 창설되어 2010년 해산되었다. 보수적, 자유주의적 성향을 띤 동성애자 작가들의 모임을 표방한 이곳은 동성애자들이 "사회적 도덕성과 정치적 질서에 위협을 가한다는 '보수적' 주장"도, "게이가 근본적인 사회 변화나 사회 개혁을 지지해야 한다는 '진보적' 주장"도 똑같이 거부한다는 내용의 조직원리를 내세우는 한편, "반동성애 보수주의와 진보적 퀴어 정치" 모두에 반대한다고 천명했다.[1]

스스로가 일부일처제에 충실한 기독교도라 밝힌 브루스 바워^{Bruce Bawer}는 이 포럼의 구성원 중 한 사람이었다. 그는 1996년 그의 저서 《퀴어를 넘어^{Beyond Queer}》에서 "대부분의 게이들"이 좌파의 "퀴어적 생각"을 반대하는 "조용한 다수"라고 언급했다.[2] 또한 1995년 《사실상 정상^{Virtually Normal}》이라는 제목의 저서를 출간한 앤드루 설리번^{Andrew Sullivan}은 독립게이포럼의 주장을 정교화했다고 평가받는다. 그는 2001년 9·11테러 당시 활약한 게이의 용맹한 남성성을 추앙하는 한편,[3] 테러가 발생하기 석 달 전인 2001년 6월 7일 뉴욕에서의 강의에서 "신좌파 페미니즘이 게이 남성을 소외하고 배제"한다고 언급하고, 게이들이 미국 민족주의를 지지한다면 미국 사회로부터 보다 전폭적인 지지를 받을 수 있을 것이라 주장했다.[4]

이에 대해 퀴어페미니스트 역사가 리사 두건^{Lisa Duggan}은 이들의 주장이 "국가가 승인한 이성애 우월성과 특권 주변에 배치되어 있는 고정된 소수"만을 대변하고 있고,[5] 성소수자들을 짓누르는 이성애규범에 대항하지 않고 개인의 연애와 가정생활, 소비에만 집중하는 문화를 낳음으로써 "이성애규범성을 고수하고 지지"하는 결과를 초래한다고 비판했다.[6] 또한 그는 '퀴어'라는 말이 "성적 정체성의 통합성"에 대해 질문을 던지고, 어떤 정체성을 규범을 거스르고 유동적인 형태로 "정치화"하는 감각을 일깨워왔다고 평가했다.[7]

3

1996년 초연된 오프브로드웨이Off-Broadway 뮤지컬 〈렌트Rent〉는 1980년대 말에서 1990년대 초 에이즈 위기가 몰아닥쳤을 당시 뉴욕 퀴어 커뮤니티의 이야기를 다루었다. 성소수자들의 사랑과 HIV/AIDS, 마약, 성매매 등의 이슈를 다룬 이 뮤지컬은 그해 퓰리처상 드라마 부문을 수상했다. 극의 배경이 된 시기는 에이즈 치료제 에이지티azidothymidine, AZT가 극심한 부작용을 유발하고, 지금과 달리 HIV 감염 여부가 생명을 좌우하던 시기였다. 극 중 마크 코헨은 다른 등장인물들의 사연을 기록·전달하는 유대계 미국인 다큐멘터리 감독이자 비감염인 관찰자로 등장한다. 그의 룸메이트이자 HIV 감염인인 로저는 〈Goodbye Love〉라는 곡에서 마크를 향해 자신의 작업에 매몰되어 거기에 숨는 비겁한 사람이라며 공격하고, 거기에 마크는 "결국 이 중에 나만 살아남을 테니까Perhaps it's because I'm the one of us to survive"라며 자신의 작업을 변호한다.[8]

초연 당시 마크 코헨 역을 맡은 배우는 앤서니 랩[Anthony Rapp]이었는데, 그는 2005년 개봉한 영화 〈렌트〉에서도 마크 역으로 출연했다. 실제로 그는 18세에 모친에게 자신의 성적 지향을 커밍아웃했고, 이후 브로드웨이에서 커밍아웃한 1세대 게이 남성으로 호명되었다. 1997년의 한 인터뷰에서 그는 자신을 어떤 명칭[label]에 가두고 싶지 않으며, 그럼에도 '퀴어'를 떼놓고 자신을 설명할 수는 없다고 언급했다. 한편 그가 14세이던 1986년, 당대의 은둔 게이이자 당시 26세이던 배우 케빈 스페이시[Kevin Spacey]는 파티가 열린 자신의 집에서 술에 취한 그를 성추행했다. 이후 앤서니 랩은 이 사실의 공론화 및 고소를 시도했지만, 승소 사례가 드물다는 것과 가해자의 아우팅 우려 등을 이유로 좌절되었다.

미투운동[#MeToo]이 미국을 휩쓸던 2017년 10월 29일 앤서니 랩은 자신의 피해 사실을 언론에 공개하는 데 성공했고, 몇 시간 후 케빈 스페이시는 트위터 계정을 통해 가해 사실을 인정하는 동시에 자신의 성적 지향을 커밍아웃했다.[9] 그의 뒤늦은 커밍아웃은 많은 성소수자 동료들의 비난을 샀고, 역사상 최악의 커밍아웃 사례 중 하나로 기록되었다. 이후 조사에 따르면 2004년에서 2015년 케빈 스페이시가 영국 런던 소재 올빅[Old Vic] 극단의 예술감독으로 재직한 시기, 그가 성추행한 극단 스태프 남성의 수는 총 20명에 달하는 것으로 밝혀졌다.[10]

오염된 슬픔

1

서울시청 광장에서 마주하는 퀴어들의 낯빛은 보통 밝고 희망차다. 시청 광장을 점유해 살결을 흔드는 그들의 모습은 어딘가 신적인 숭고함이 있다. 그들이 왜 그토록 환하게 웃고 있고, 웃고 있는 그들이 어째서 운동에 값하는 대단한 의미가 되는지는 태양을 바라보려 할 때 눈이 아프듯 제대로 직면하기가 힘들다. 제대로 직면하기 어렵기에 어떤 사람들은 그들을 썩 속 편한 사람으로 이해하기도 하고, 세상의 힘든 일일랑 못 겪어본 사람으로 오해하기도 한다.

그런 퀴어들의 그림자가 남김없이 들춰질 때는 다름 아닌 그들 중 하나가 유명을 달리했을 때다. 가족에게 커밍아웃하지 못한 퀴어의 경우, 그의 빈소는 함부로 생전 고인의 정체를 발설하지 말아야 할 함구의 장이 된다. 또는 석연찮은 이유로 목숨을 잃은 경우라면, 고인의 사인은 빈소에서조차 함부로 캐묻지 말아야 하는 침묵의 공동空洞 속에 내버려진다. 그런 공간에서 고인의 죽음이 적확히 추모되기란 힘들다. 말하자면 그는 죽어서까지도 벽장 속 신세에 머무는 것이다.

자살이나 에이즈 합병증, 약물 과다복용으로 유명을 달리한 경우 그 사인은 보통 다른 사인으로 대체되어 알려지기 일쑤고, 그런 상황에선 고인에게 가까운 지인일수록 고인의 죽음에 대해 주로 입을 다물게 된다. 또는 여느 평범한 죽음일지라도, 사려 깊은 지인일수록 당사자의 죽음이 주위 사람에게 미칠 영향력을 감안해 그 죽음에 대해 되도록 말을 삼간다. 이에 따라 한 사람이 죽게 되면 퀴어들의 SNS엔 거대한 침묵의 결계가 드리운다. 한 사람의 죽음에 대한 나름대로의 예우가 그 죽음에 침묵하는 지경에 이르러서야, 애써 환하던 퀴어들의 그늘은 제 본 빛깔을 드러낸다.

한 사람의 죽음에 이리도 많은 염려가 필요한 것이야말로 주말마다 게토에 모여 밝게 웃는 퀴어들이 실은 소수자임을 드러내는 뼈저린 증거다. 퀴어 커뮤니티는 서로가 소수자임을 눈치 없이 드러내지 말아야 하는 꼭 그만큼, 누군가의 죽음에 섣불리 슬퍼해선 안 되는 묵계가 흐르는 곳이다. 섣불리 슬퍼해서는 안 되는 슬픔이라니, 그 슬픔은 꼭 소수자의 삶처럼 어딘가 하나 나사가 빠진 모양새다.

남이 죽을 때, 나는 종종 깨끗한 슬픔이 그립다. 그리고 깨끗이 슬퍼할 수 있도록 잘 정돈된 죽음은 드물다. 어딘가 멎었거나 어딘가 비밀이었거나, 그런 죽음들 앞에 서면 우선은 입을 다물고 눈앞의 상황에 맞는 마음을 가지게 된다. 상황은 언제나 지저분하고, 내 슬픔은 언제나 딴것들에 조금씩 오염돼 있다.

아주 고전적인 슬픔이 그리울 때가 있다. 있는 소외 없는 소외 다 겪어도 눈앞에 선명한 제 슬픔에서만큼은 소외받고 싶지 않기에. 아무도 없는 골방에서 비로소 참은 눈물이 터지듯이, 무언가를 깨끗이 슬퍼하기 전에 치러야 할 것이 세상엔 너무 많다. 지금보다 완전한 마음으로 누군가의 죽음을 보다 사람답게 추모할 수 있는, 내가 선택하지 않은 침묵을 깨고 내 슬픔을 마음껏 목 놓아 울 수 있는 그날이, 언젠가는 도둑처럼 해방처럼 여기 오기를 기다린다.

2

1998년 9월 13일, 남성동성애자인권운동모임 친구사이 부회장으로 활동했던 故 오준수가 에이즈 합병증에 따른 간성혼수로 사망했다. 그는 1992년 9월 HIV 감염 사실을 확인하고, 1993년 3월《겨울 허수아비도 사는 일에는 연습이 필요하다》는 제목의 수기집을 발간했다. 2000년 2월 11일, 친구사이는 생전 그의 글들을 모아《오준수를 추모함》이라는 유고집을 자비 출판했다.

　유고집 발간 당시 친구사이 회장이었던 신정한은 발간사를 통해 "우리 동성애자들은 어떤 이상야릇한 감정을 느끼는 시기에 황량한 벌판에 혼자 서 있는 듯한 느낌을 많이 받았을 것"이고, 그처럼 동성애자들은 "일반과는 다른 또 다른 짐을 가지고 세상을 살아가게" 되며, "그 짐의 무게가 좀 더 가벼워질 수 있는 그런 날이 빨리 왔으면" 한다고 전했다.[1] 더불어 친구사이 회원 김상백은 생전 고인의 HIV 감염 사실 고백을 들은 후에, "특유

의 밝고 명랑하고자 하던 그의 의지"를 새로운 의미로 "다시 보게 되"었다고 술회했다.[2]

이후 친구사이는 해마다 추석을 앞두고 故 오준수를 비롯하여 유명을 달리한 회원들을 추모하는 자리를 마련했고, 2019년에는 '재회의 밤'이라는 이름의 정례화된 행사로 자리잡으며 9월 11일 개최되었다. 또한 2018년 11월 22일부터 한 달 동안은 故 오준수의 유고와 사진, 유품들이 포함된 이강승 작가의 전시 《Garden》이 서울시 종로구 가회동의 원앤제이갤러리에서 진행되었다.[3] 더불어 2019년 11월, 국립현대미술관은 이강승 작가의 작품 〈무제〉에 포함된 故 오준수의 수기집과 그의 유품인 묵주 반지를 영구 소장하기로 결정했다.

사적인 영역에 도달하기까지[+]

— 수전 팔루디, 《다크룸》

1

한 아버지가 있었다. 그는 청소년이던 딸에게 가정폭력을 행사했고,[1] 이혼을 요구한 아내를 보겠다고 법원의 접근금지 명령도 어기고 집에 난입하던 중 아내의 애인을 칼로 찔러 자상을 입혔다.[2] 그 후 딸은 25년간 한 번도 아버지를 만난 적이 없었다. 그런 그가 별안간 76세의 나이에 태국에서 성별 재지정 수술을 받았다. 그녀는 수술에 필요한 진단서에 자기 나이를 열 살이나 낮춰 기재하는 등 서류 조작을 일삼았다.[3] 딸은 실로 오랜만에 여성이 된 아버지를 만났다. 1980년대 미국 사회 전역의 반페미니즘 조류를 고발한 《백래시》의 저자인 딸은 지난날 폭력을 휘두르던 아버지가, 여자는 모름지기 정숙해야 하고 부엌은 여성의 공간이라는 식의 자신이 질색하는 성별 고정관념을 밥 먹듯이 내뱉는 '그녀'가 좀처럼 이해되지 않는다. 트랜스젠더들이 왜 그토록 성별 이분법을 "강화시키는 것처럼 보이"는 행동

[+] 이 글은 2020년 게이스북(게이 커뮤니티의 일원들로 '페친'을 제한해 운용하는 페이스북 계정)과 블로그에 올린 서평이다. 지난 5년간 한국어로 출간된 퀴어 관련 저술 중 가장 인상 깊었던 책이고, 이 책의 주제와 일맥상통하는 부분이 있어 여기에 싣는다.

을 하는지에 대해, 저자는 이 책 전체를 통해 집요하게 궁금해한다.[4]

여기까지 읽으면 이 책은 요새 유행하는 트랜스혐오와 큰 차이가 없을 내용인 것 같다. 그리고 퓰리처상 최종 후보에 오른 《다크룸》은 당연히, 또 다행히 그런 간단한 종류의 책이 아니다.

1950년대 유명한 트랜스젠더 여성이었던 크리스틴 조겐슨Christine Jorgensen은 자신이 여성으로 보이기 위해 "초-여성적이 되어야" 했으며 "어떤 남성성의 흔적도 가지고 있으면 안 되었다"고 고백했다.[5] 몇몇 예외를 제외한 대다수의 트랜스젠더들이 그렇듯이, 아버지인 그녀도 여성으로서의 '패싱passing'에 결국은 성공하지 못한다. 수많은 사람들은 저자와 동행하는 그녀의 외양을 흘끔거리며 곁눈질한다.

트랜스젠더 당사자의 여성스러움, 남성스러움에 대한 집착 중 어디까지가 개인의 책임이고, 어디부터가 사회 구조의 책임인지 저자는 질러 말하지 않는다. 거기에는 분명 구조의 책임으로만 돌릴 수 없는 개인의 몫이 없지 않을 것이다. 서두에 언급한 페미니스트로서 저자의 문제의식은 따라서 책의 마지막까지 팽팽하게 유지된다. 그리고 동시에 분명한 것은 트랜스젠더 개인에게 성별 이분법의 책임을 따져 묻기 전에, 반드시 거기에 작용하는 사회 구조의 영향력을 함께 문제삼아야 한다는 것이다. 그래야만 당사자가 처한 제약 조건과 그 속에서 인생을 선택해나간 개인의 책임을 보다 공정하게 평가할 수 있다. 트랜스젠더 여성으로 나타난 아버지와 동행하는 과정에서 페미니스트인 저자는 이를 천천히 깨달았던 것 같다. 책 후반부에서 저자는 "트랜스섹슈얼 디스코 댄스 파티"에서 아버지와 함께 춤을 추고,[6] 여성이 된 아버지를 비로소 '어머니'라 소개하고,[7] 치매를 앓아 요양원에서 사망한 그녀가 여자 병동에서 숨을 거두었다는 사실에 안도한다.[8]

따지고 보면 그녀의 아버지야말로 일반 사회는 물론이요, 성소수자 인권운동의 기준에서도 비규범적인 트랜스젠더 여성이다. 노년이고, 여성으로 패싱되지 않으며, 과거에 처자식을 때린 적이 있고, 절차의 빈틈을 이용해 성별 재지정 수술의 요건을 흔들고, 남들 보기 좋은 외양을 하지 않더라는 이유로 퀴어퍼레이드에 나가지 않으며,[9] 여성스런 남성을 보고선 남자답지 못하다고 비웃는 그녀는[10] 요샛말로 소위 '언피씨'한 속성을 한데 모아놓은 사람 같다. 따라서 성소수자 인권운동에 익숙한 사람이라도, 어느 정도 운동으로 정식화된 트랜스젠더의 범주에서 보란 듯이 비껴가는 사례를 읽으며 얼마간 긴장을 하게 된다.

그리고 그런 감상이야말로, 여태껏 트랜스젠더라는 범주가 각계 각층에서 얼마나 전형적인 모습으로 이해되어왔는지를 드러낸다. 미디어 속 트랜스젠더의 모습이 "복잡하고 평범한 인생들의 일상적인 질감을 전달"하는 경우가 드물다는 지적처럼,[11] 트랜스젠더 당사자들은 '이러이러하지 않으면 너는 (제대로 된) 트랜스젠더가 아니야'라는 숱한 압박에 시달린다. 이

3부. 다른 세상의 꿈

책은 한 트랜스젠더를 둘러싼 여러 인간적·제도적 한계를 보여주는 동시에, 그에게 요구된 전형들이 얼마나 강고하고 유서 깊은 것인지를 함께 다루는 과업을 해냈다.

　이러한 저자의 접근에 대해 역자는 다음과 같이 평했다. "페미니스트의 자질이란 이런 것이 아닌가. 개인을 존중하면서 폭력의 구조에 저항하는 것."[12]

2

사람들은 대개 구조 얘기하는 것을 싫어한다. 구조란 당장 내가 어떻게 할 수 있는 것이 아니고, 또 그렇기에 애써 구조라고 부르는 셈이니까. 누구나 내 삶의 주인공은 나이고, 내 재량을 마음껏 펼칠 내 삶이라 생각하고 싶지, 거기에 이런저런 구조가 껴 있다는 얘기는 듣고 싶지 않다. 군사독재를 겪은 어른들이 '빨갱이' 얘기를 듣기 싫어하고, 평범한 게이가 남/여 성차를 읊는 페미니즘 얘기를 싫어하고, 평범한 '랜펨'이 시스젠더/트랜스젠더 차별 얘기를 듣기 싫어하는 것도 다 그런 이유에서다. 나 또한 예외가 아니다. 한국사학도라면 이 나라가 여태껏 어떤 국내·국제 정치 맥락 속에 옥죄어 있었는지 학습하기를 피할 수 없고, 한국전쟁을 전후해 누가 왜 고문당하고 학살되었는지 배우는 일은 그 자체로 마음의 힘이 든다. 그것들 중 대부분은 내가 당장 뭘 어떻게 할 수 없는 일이고, 그러니 자연스레 듣기 갑갑하고, 피곤하고, 들추기 싫은 이야기가 된다.

그 듣기 싫은 얘기가 이 책에선 숱하게 등장한다. 이 책에 등장하는 트랜스젠더 여성인 아버지는 무려 2차 세계대전을 동유럽에서 겪은 헝가리 유대인이다. 그의 친지들 중 대부분은 아우슈비츠를 비롯한 유대인 수용소에서 최후를 맞이했고, 그는 나치 치하의 헝가리에서 어떻게든 살아남기 위해 수시로 신분을 속이고 서류를 위조했다. 헝가리에서 유대인이 어떤 식으로 존재해왔고 반유대주의가 어떤 곡절로 자라게 되었는지, 그 가운데 오늘날 성소수자로 불릴 법한 이들이 어떤 죽임을 당했는지를 저자는 괴로울 정도로 빼곡히 써두었다. 나아가 그런 반유대주의가 과거로 그치지 않고 소련 붕괴 후 헝가리에서 어떤 식으로 재현되고 있고, 그것이 성소수자 차별과 어떻게 연결되는지에 대해서도 지면을 아끼지 않는다. 트랜스젠더에 가족 사연에 아우슈비츠라니, 독자를 힘들게 하는 치트키가 세 방이나 들어 있으니 심력의 고갈이 없으려야 없을 수가 없는 책이다.

특히 유대인으로서 정체성을 최대한 숨긴 채 헝가리에 '동화된' 유대인으로 살고자 했던 아버지의 과거와 트랜지션했다는 사실을 최대한 숨긴 채 이성애 사회에 '동화된' 여성으로 살고자 하는 아버지의 현재를 교차시키는 대목은 이 책의 백미 중 백미다. 실은 모두가 조금씩 알고 있듯이, 구조는 보통 구조 단독의 힘만으로 작동하지 않는다. 다만 구조 하나를 이야기하는 것만으로 벅차고 마음의 힘이 드니 다른 것들은 가급적 피해가고 싶을 뿐이다. '빨갱이'를 혐오하는 사람은 정신질환자나 장애인도 비슷한 식으로 혐오하기 쉽고, 여성에 대해 헛소리하는 사람은 성소수자에 대해서도 대개 비슷한 헛소리를 한다. 그러나 거기에 깃든 구조 하나하나가 무섭고 골치 아프니, 보통은 자기 이문에 맞는 한 줄기만 강조하게 되는 것이다. 그러니 교차성이라 함은 무슨 새삼스런 개념이 아니라, 사람들이 대개 알고서도 피해가는 인간사의 진실에 가깝다. 그런 쉬운 욕망을 따르지 않고 있기 때문에 이 책이 읽기 괴롭고, 또 경탄스러울 수 있는 것이다.

듣기도 싫은 구조 얘기를 그래도 들어두자고 다짐하는 것은 쉽지 않다. 이에 관해 한국전쟁 연구자 박명림은 다음과 같은 말을 남겼다. 학문의 목표는 "인간 현존의 노고를 덜어주는 데 있"고, 한국전쟁 연구는 한국인의 "사회적 개인적 삶의 어깨 위에 떨어진 중압과 노고를 덜어주"기 위한 것이라고.[13] 아버지의 삶에 개입한 구조의 정체가 무엇이었는지 집요하게 파고들고, 그를 통해 아버지의 삶을 새로 이해하려 애쓴 이 책은 내가 좋아하는 위 구절을 다시금 곱씹게 해주었다. 맥이 빠지기는 하지만, 내 삶 중 많은 부분은 내가 흔쾌히 선택해서 이리된 것이 아니다. 그걸 모두 내 선택으로 그리됐다고 말하는 것은 부당하다. 인간의 삶에서 구조에 대한 설명이 필요한 까닭이 그래서다. 구조 얘기가 피곤하고 힘들지만, 실은 다 내가 덜 억울하기 위해, 내가 좀 더 자유롭기 위해, 내 삶의 자율이 정녕 자율이라 말할 수 있기 위해 하는 짓들이다.

그리고 그렇게 파고들고 파 들어간 후에 비로소 저자는 아버지이자 어머니인 "그녀의 불가해함"을,[14] "블랙박스" 같은 그녀의 마음을 "존중"하고 싶다는 생각에 사로잡힌다.[15] 고단한 구조 이야기를 넘고 넘어 비로소 누군가의 '몰라도 되는' 영역에 도달했을 때, 나는 문득 눈물이 났다. 구조를 이야기하는 것이 그간 얼마나 고단했겠고, 개인을 이야기하는 일이 그간 얼마나 고팠을지가 그 대목 한 줄에 응축된 것 같았기 때문이다. 한 삶에서 개인의 몫을 윤리적으로 따져 묻는 데에 그만한 공력을 쏟는 일이, "자극적이고 쉬운 이미지를 유포하기보다는 기꺼이 함께 사유하기를 자처하는" 일이 얼마나 힘겹고 또 필요한 것인지,[16] 그것을 끝내 놓치지 않은 저자와 그 책의 고민에 끝내 공명한 스스로가 미쁘고 측은해 한참을 울었다. 힘들지만 하지 않을 수가 없는 일이 세상에는 그리 있기 마련인 것이다.

사람은 누구나 편하게 살고 싶고, 골치 아픈 고민을 덜 하고 살고 싶다. 나는 물론이고 이 책의 저자도 그러했을 것이다. 내가 애정하는 드라마 〈친애하는 백인 여러분〉의 시즌3 마지막화엔 이런 대사가 나온다. "불편해도 질문해야 돼. 만약 인생이 편할 거라고 얘기한 인간이 있다면…… 걔 너한테 구라 친 거야. But we still have to ask them. Whoever told you life would be comfortable...... lied to you."

아버지를 다시 보았다. 그녀는 웃고 있었다. 그렇게 자주 그녀의 얼굴에 떠오르던, 속을 알 수 없는 미소가 아니었다. 나는 팔을 들어 올렸고, 그녀는 프로처럼 그 밑으로 빙글 하고 돌았다. ─ 수전 팔루디, 《다크룸》, 손희정 옮김, 아르테, 2020, 538쪽.

강제적 동성애

1

동성애자란 같은 성의 사람을 사랑하고 성적으로 이끌리는 이를 일컫는다. 따라서 가뜩이나 사회의 억압을 받는 동성애자에게 '연애'란 종종 지고의 가치가 된다. 게이인 내가 이렇게 핍박받고 사는 이유가 뭔가, 다 남자 좀 맘 놓고 사귀려고 이러는 것이다. 그러나 그 연애의 중심이란 의외로 텅 비어 있을 때가 많다. 동성애자라고 누구나 즐거운 연애를 누리고 있는 건 아니니까. 실은 그러지 못한 경우와 때가 더 많다.

먼저 많은 수의 게이들은 그들의 연애와 섹스를 보통 온라인에서 먼저 시작한다. 비밀리에 가지고 있던 내 성적 지향의 비밀을 뚫어줄 통로를 발견했으니, 그곳을 통한 연애와 섹스의 욕망은 한층 간절해진다. 그런데 섹스면 몰라도 온라인을 통한 일대일 만남으로 연애가 잘 풀릴 가능성은 희박하다. 연애하고픈 상대가 어떤 사람인지 알려면 그 사람을 둘러싼 친구와, 그 사람이 속한 집단에서 그가 어떻게 처신하는지를 살펴봐야 하는데 온라인 번개로 만난 사람은 그런 게 불가능하다. 따라서 같이 어플 지울 사람 찾는단 소개글의 바람과는 달리, 일대일로 비밀리에 만난 후에 발생하는 온갖 종류의 연애 사기가 판친다.

다행히 오프라인 게이 커뮤니티에 성공적으로 안착했다고 해도 그것으로 연애가 해결되는 것은 아니다. 대개 오프라인 커뮤니티에 한번 나오면 그곳으로부터 얻는 위안과 친교의 정이 각별해진다. 눈치 보며 몰래 만나던 사람들을 종태원에 나와 당당히 만나고 있으면 묘한 해방감도 든다. 그렇게 만난 사람들 하나하나 그룹들 하나하나가 소중해지기도 한다. 그러나 그 안에서의 연애란 본래 어떤 경우에도 기존의 인간관계에 대한 변형을 제물로 삼는다. 기존에 존재했던 사람과 그룹과의 관계가 조금이라도 깨지지 않는 연애란 없다. 그렇다면 이걸 굳이 내 욕심으로 깰 필요가 있을까. 괜히 욕심을 부려서, 성공할지 알 수도 없는 대시로 이 관계들이 깨지면 어떡하나. 물론 사람들은 보통 그걸 깨는 편을 택하고, 안타깝게도 그걸 치르고도 연애가 성공할 확률은 반반이다.

우여곡절 끝에 연애가 시작되면 비로소 둘은 단꿈과 같은 연애 초반을 보낸다. 그러나 연애한다고 막상 모두가 행복한 것은 아니다. 한 사람과 마음을 나누는 섹스란 따뜻하고 좋은 것이지만, 그 섹스가 기술적인 의미로도 최고의 섹스일 가능성은 낮다. 원래 이 시대의 완벽한 섹스란 죄다 모니터 속에 있는 법이니까. 물론 뼈가 녹을 듯이 행복한 섹스 이외에도 연애에는 마음을 나눔으로써 생기는 많은 복락이 있다. 그런데 그 마음을 나눈다는 게 또 문제다. 그 말은 내 마음이 내 것만이 아니게 된다는 걸 뜻하기 때문이다. 연애를 안 하면 '마음껏' 불행할 수 있지만, 연애를 한다 해도 '마음껏' 행복할 수는 없다. 그 마음이 나 혼자

만의 것이 아니기 때문이다. 따라서 나도 모르는, 내 것인 줄만 알았던 그 마음을 나누는 과정에서 여러 트러블이 생기고, 그걸 조정하는 과정은 예민하고 늘 에너지가 소요된다. 지고의 가치이자 이 바닥 생활의 한 줄기 희망이었던 연애는 실전으로 갈수록 또 하나의 엄연한 협상이자 행정이 된다.

그러다 보면 이런 의문이 생긴다. 사랑이, 연애가 그렇게까지 대단한 것인가. 물론, 사랑은 결코 영원하지 않다. 사랑이 영원하다는 헛소리가 만연한 까닭에 사랑이 누려야 할 제 수명도 채 다 누리지 못하는 때가 많은 것이다. 그래도 더 힘들게 쟁취한 만큼 더 달콤한 연애일 줄 알았는데. 혐오보다 마땅히 강하다던 그 사랑이 별안간 왜 이리 작아 보이는 것일까. 사랑이 혐오보다 강할 때도 있지만, 그렇지 못할 때도 있다. 안정적인 연애 관계에 성공적으로 정착하고 보면 이런 의문이 든다. 나는 어째서 지난날 연애를 그토록 지고의 가치로 삼고 살았던 걸까. 지금 생각해보면 본래 사랑의 깜냥보다 턱없이 부풀려진 그 간절한 '동성애'의 환상은 과연 어디로부터 왔던 것일까. '동성애자'로 살며 사랑하기 위해 연애 외에 앞으로 정작 내게 필요할 것들은 무엇일까.

2

2013년 11월, 13년간 같이 살았던 한 이성애자 부부 중 한쪽이 별안간 이별을 통보했다. 통보받은 쪽은 이유를 물었고, "그는 사랑이라는 말에 모든 걸 다 걸고 그게 없으면 아무것도 아닌 게 되는 그 '사랑'이 싫다"고 대답했다. 배우자는 처음엔 그 말을 이해할 수 없었지만, 이후 13년간의 결혼생활을 되짚어보면서 "사랑"이라 굳이 명명하기 어려운, 그러나 충분히 좋은 관계의 단초를 발견했다. 그리고 그는 인간관계에서 "모든 질문에 대답하지 않아도 되"며, "사랑"이 무엇인지를 정하는 것이 오히려 "관계의 핵심"을 잃어버리게 한다는 것을 깨닫고, 배우자와의 관계를 지속하기로 한다.[1]

소설가 배수아는 2009년 그의 소설《북쪽 거실》에서 소설 속 화자의 입을 빌려 사랑에 대해 다음과 같이 이야기했다. "하지만 사랑은 불가능하고, 나 자신이란 존재는 사랑을 더욱 불가능하게 몰고 가요. 글을 쓰기 위해서 나는 사랑이 아니라, 무엇보다도 나의 부재가 필요해요."[2] 나아가 소설가 김경욱은 2007년 장편《천년의 왕국》에서 "사랑이야말로 삶 속의 죽음"이며, "삶이 죽음에 의해 완성되듯이 사랑은 순간순간 죽음의 민얼굴을 향해 육박"한다고 설명했다.[3] 그리고 소설가, 평론가이자 시인인 이장욱은 2006년 발표한 그의 시〈근하신년〉을 다음의 시구로 마무리 짓는다. "우리는 유려해지지 말자. 널 사랑해."[4]

한편 소설가 정찬이 1999년 발표한 단편〈로뎀나무 아래서〉에서 등산을 좋아하는 한 등장인물은 등산을 왜 하는지 묻는 작중 화자의 질문에 "무의미함"이야말로 "등산의 참된 존재 이유"이며, "덧없음, 무의미함" 속에 삶의 "큰 위안"이 있다고 언급했다.[5] 더불어 철학자 박이문은, 참다운 삶의 의미는 "모든 것의 궁극적 공허를 느꼈을 때"에만 찾을 수 있으며,[6] 2014년 한 인터뷰의 말미에서 "모든 것의 의미가 없다는 것을 알았을 때만이 절망하지 않는다"고 말했다.[7] 그는 2017년 3월 26일, 87세를 일기로 세상을 떠났다.

슬픔 너머의 세상

1

끊임없이 남의 사연을 들어야 하는 사람들이 있다. 서비스직 종사자이든지, 활동가나 연구자라든지, 남의 삶 구석구석을 냄새 맡고 해량하는 것이 직업이자 사명인 사람들이 있다. 이 일에는 당연히 적잖은 감정이 소요된다. 그리고 그 감정의 샘이란 마땅히 일정한 부존량이 정해져 있다. 아무렇게나 얼마만큼이나 퍼 올려도 마르지 않는 화수분 같은 샘이란 인간의 마음에 존재하지 않는다.

슬플 겨를이 없는 사람들이 있다. 내 감정은 내 것이건만 그 감정을 자신이 아니라 주로 남을 위해 써야 하는 사람들이다. 자신의 감정보다 눈앞에 처리해야 할 남의 감정이 중요하므로, 안을 다독이고 밖을 설득하는 가운데 내 감정의 문제는 먼 후순위로 미뤄지고, 미루다 보면 언젠가부턴 그걸 끄집어내는 게 어려워지는 때가 온다. 그러다 보면 제 속이 마치 길어도 길어도 마르지 않는 화수분을 품은 듯도 하다. 제 마음의 샘에 물이 얼마나 남았는지 들여다볼 방법을 잃은 까닭이다.

세상의 불편을 덜고 세상의 소외를 없애기 위해 역설적으로 나의 불편과 소외를 방패삼아 힘을 짜내야 하는 때가 있다.

3부. 다른 세상의 꿈

그리고 세상이란 너무도 거대하고 또 후미져서, 개인이 그로부터 무언갈 표 나게 위로받기란 거의 불가능하다. 누군갈 이해하기 위해 내 감정이 맥없이 갈려 들어가도, 갈려 들어간 내 감정을 다시 돌려받기란 막막해지는 날이 있다. 아무쪼록 많은 걸 이해해야 하지만 그렇게 남을 이해하기 위해 애쓴 나 자신은 누구에게도 이해받을 수 없고, 있더라도 그런 순간은 아주 드물기가 일쑤다.

그렇기에 내 감정이 뭔갈 처리하기 위해 미뤄지지 않고 감정 그대로 이해되고 대접받는 순간은 중요하다. 인생에서 그런 순간은 참으로 드물게 찾아오기 때문이다. 내 감정을 내보이고 그걸 어떤 자리에서 누군가에게 공감받는 경험은 그 후에 찾아올 또 적막 같은 인생을 참아 넘길 귀중한 기억이 된다. 그런 섬광 같은 기억마저 없다면, 남을 이해할 일이 이리도 많은 세상을 사는 일은 한층 막막하고 견딜 수 없는 무엇일 것이다.

또한 감정과 감정이 만나 아름답게 움트는 광경을 앞두고 구석진 곳에서 이상한 표정을 지으며 어딘가 현실로 받아들이기 어려워하는 이가 있다면, 그는 마치 초대받지 못한 성찬에 초대받은 손님처럼, 아마도 자신의 감정을 오래도록 감정으로 대접하지 못한 사람임이 틀림없다. 슬픔이 슬픔으로 온전히 대접받는 일이야말로 이 시대의 인간이 드물게 누릴 수 있는 호사와 같기 때문이다.

마음속으로 세계가 몇 번이고 무너지고 나면 감정이 감정이 아닌 것처럼 느껴지는 날이 있다. 세계가 무너지는 일은 마음속이라 해도 돌이킬 수 없는 것이어서, 무너지고 바뀐 세상을 겪어내는 건 온전히 자신의 몫이다. 내게 익숙했던 감정이 내 감정이 아닌 것 같으므로, 이전에는 와닿았던 위로도 더는 위로가 되지 못한다. 새 마음에 들어맞는 새 위로가 무엇일지 기필코 찾아내는 일 또한 온전히 자신의 몫이다. 슬픔이 더 이상 내가 알던 슬픔이 아니게 된, 슬픔 너머의 세상을 사는 일이 주로 그러하다.

그리고 쉽게 위로받을 수 없게 된 이들에게도 그 나름의 위로는 필요하다. 그런 사람이야말로 누구보다 간절히 제 감정을 위로받는 일이 필요한 이들이다. 어느 누구도 자신을 온전히 알고 있진 못하고, 제 마음의 경제에 통달한 인간이 어디 따로 있는 것도 아니다. 그것이 누구의 탓이든지 자기 마음이 낯설어지는 경험은 누구에게나 온다. 그런 그에게도 다시금 이다음 생을 살아갈 수 있게 하는 섬광 같은 기억이 끝내는 오고 말 것이다. 그러려고 찾았던 게 아닌 곳에서 별안간 맞닥뜨린 기적 같은 어제의 위로들처럼.

2

아일랜드에서 태어난 레이첼 모랜은 불우한 가정환경 속에 노숙생활을 전전하다 15세에 성매매에 유입되었고, 그 후 7년간 성매매 현장에 머물렀다. 이후 37세가 되던 해인 2013년, 그녀는 자신의 성매매 경험을 쓴 책을 출간하여 성매매 현장에 어떤 폭력과 위계들이 존재하는지 꼼꼼히 기술하였다. 이 책은 《페이드 포》라는 제목으로 2019년 한국어로도 출간되었다.

책에서 레이첼 모랜은 성매매 여성이 성매매를 수행할 때, 원치 않는 성교와 폭력적인 상황에서 자신을 보호하기 위해 해리解離, dissociation, 즉 현실에서부터 자신을 분리시키는 방법을 자주 사용한다고 설명했다. 이 해리는 성매매 여성이 가명을 쓰는 관행에서부터 성구매자에게 자신의 진짜 성격이나 취향을 되도록 알리지 않는 것, 나아가 폭력을 쓰는 성구매자 남성을 만났을 때 축 늘어진 채 저항하지 않는 것 등 다양한 국면에서 활용된다고 저자는 말했다.

한편 이러한 대응이 지속되는 경우 당사자는 "자신의 감정을 지속적으로 부정"하는 과정에서 "참된 자아가 매우 모호해"지고, 따라서 "자기 자신과 심각한 정신적 외상을 초래하는 관계"를 겪게 된다고 한다. 또한 성매매를 할 때 자기 자신을 그 상황에서 분리하는 습관은 성매매 여성 스스로 "'정상적인' 성생활을 할 수 있는 능력"을 보호하기 위한 일이기도 하지만, 섹스 중에 "성적으로 (자신을) '차단'하는 습관"이 지속될 경우 성매매가 아닌 다른 형태의 섹스에도 부정적인 영향을 미칠 수 있다고 저자는 강조했다.[1]

그녀는 22세가 되던 1998년에 탈성매매하였고, 이후 아일랜드 사회에 "통합"되는 데 많은 어려움을 겪었다. 이듬해인 1999년에는 더블린시티대학교에 진학해 저널리즘을 전공했다. 그녀는 오랜 시간이 지난 후 비로소 자신이 거리에서 "사생활"

과 "몸을 파는" 여자가 아니라, "단순히 여성으로 인식된다는" "고요하고 새로운 이해"에 도달하는 데 성공하게 되었다고 고백했다.[2]

근본 없는 즐거움

1

이 시대는 사람이 마땅히 혼자여야 할 때 혼자가 되는 법을 가르치지 않는다. 한창 유행하는 SNS는 특히 그것을 방해한다. 더욱이 소수자가 모인 SNS는 친구들의 일상이 곧 사회의 압력을 견디는 자력화empowerment의 장이 되고, 따라서 혼자가 아닌 채 서로 연결된 상태를 유지하는 것에 남다른 의미가 생긴다. 우리는 이곳에서 끊임없이, 밤낮을 가리지 않고 서로가 무사함을 확인해야 한다. 그러나 그런 당위에도 불구하고 우리에게는 마땅히 혼자여야 할 순간이 오고, 그 순간은 어느 때보다 낯설게 된다. 여태껏 누군가와 연결된 채 지내오던 나와는 전혀 다른 나를 마주할 시간이기 때문이다.

인간을 견디기 힘들다는 것은 따라서 매우 자연스런 감각이다. 인간은 누구나 자신이 채 감당 못할 타자와 관계 맺고 산다. 자기가 얼마나 '한남'이든지 혹은 '트페미'든지, 인간에 대한 비위가 얼마나 옅고 짙으며 타자를 견디는 역량이 얼마나 많고 적든지 간에, 그 역량이 바닥나는 때는 반드시 온다. 그럴 땐 사람과 24시간 연결된 채 웃고 울고 떠들고 어울리던 평소와는 다른 처방이 필요하다. 그 모든 타자를 좁은 내 마음에 들이부어가며 어떻게든 어울릴 윤리를 만들어내라는, 사실은 처음부터 불가능했을 짐을 잠시 내려놓고 내 마음처럼 좁은 골방에 홀로 머무는 것이다.

내가 어떤 분야에 대해 속속들이 알아야겠다는 욕구와 마찬가지로, 내가 내 주위의 관계 일체를 모두 이해하고 그들 사이에 적합한 인간이 되어야겠다는 생각은 애초에 실현 불가능한 편집증이고 고집이다. 그것은 소수자 문화처럼 선의에 기대어 있을수록 성찰하기가 더욱 쉽지 않다. 그리고 사람 사이에 있어야만 배울 수 있는 게 있듯이, 사람 사이에 있어서는 배울 수 없는 것이 있다. 사람 사이에 기쁘게 속해 있으려면 별다른 도리 없이 사람을 그만 물리쳐야 하는 때가 있다. 그건 내가 소수자냐 아니냐, 혹은 사람을 좋아하고 싫어하고를 떠나 결국은 그렇게 되고야 마는 수학 공식 같은 것이다.

2

성소수자 커뮤니티는 역설적으로 교회를 닮았다. 신학에서 교회는 교회 건물을 가리키지 않는다. 사람 위에 교회를 세웠다는 성경의 선포대로 믿는 사람이 모인 곳이면 어디든 교회가 된다. 거기에는 뚜렷한 경계가 없고, 그럼에도 그 속에는 희미한 연대의식이 있다. 마찬가지로 게이 커뮤니티 또한 경계를 짓기 힘들다. 게이 커뮤니티는 인권운동단체 사무실에도, 무지개 깃발을 단 게이바에도, 무지개를 결코 티 내지 않으려는 게이업소에도,

정액 냄새 가득한 찜방에도, 몇 군데 남지 않은 터미널 화장실의 글로리홀에도 존재한다. 그 모든 장소와 그곳에서의 모든 일들이 커뮤니티의 일부고 그것들은 모두 제각기 의미가 있다.

동시에 무엇이든 의미가 있다는 것이야말로 당사자가 겪는 낙인들 중 하나다. 사실 소수자의 일상에 무의미한 일이란 없다. 1년에 하루 광장을 걷는 일이 운동일 수 있다는 것은 그 사소한 걸음조차 의미 있을 만큼 그들을 둘러싼 사회적 조건이 참혹하다는 것을 방증한다. 그렇게 얼굴 까고 걷는 것이 운동이 되는 팔자 핀 그룹이므로, 모여서 놀고 자빠진 것도 무언가 의미 없지 않은 것이 된다. 성소수자운동단체가 환기하는 것도 그런 일상 속에 산재한 의미의 연쇄들이다. 이성애 제도가 우릴 여기에 몰아넣은 탓으로 게토의 희로애락은 슬프게도 그 자체로 뭔가 의미 있는 것이 되고, 그 무분별한 의미-있음이야말로 우리의 피해요, 낙인의 증거다. 마치 어느 곳에든 임재臨在한 교회의 성스러움이 원죄를 두른 인간의 측은함과 맞닿은 것처럼. 또는 서구의 눈에는 어쨌든 뭐라도 신기하고 의미 있었을 피식민지 원주민의 습속들처럼.

그리하여 어떤 날은 무의미한 일이 하고 싶다. 모든 것이 의미로 점철된 소수자의 일상에서 무의미함이란 한층 귀한 것이 된다. 그렇게 무의미한 일이 하고 싶어서, 어느 날은 2.5단계 거리 두기 시국을 무릅쓰고 게이바에 들른다. 거기 기어 들어간다고 의미가 없어지지 않음을 알면서, 의미 없음의 시민권을 눈감고 향유하기 위해 게이바에 들른다. 나도 한 번쯤은 의미가 적은 가벼운 몸이고 싶은 것이다. 그저 그 자리에 핀 들꽃처럼 어느 날은 나도 한 번쯤 아무 수식어 없이 그저 사소한 자연이고 싶은 것이다.

할로윈 때 이태원의 그 근본 없는 풍경들이 그립다. 할로윈에 이상한 반감이 있는 사람은 그 근본 없음이 누군가에겐 얼마나 즐겁고 해방감에 젖는 일인지를 모른다. 나를 둘러싼 구조와 삶의 조건들을 1년 365일 상기하고 산다면 그 사람은 이내 미쳐버릴지도 모른다. 더구나 어떤 날은 인생에 뭐가 너무 없는 적막에, 또 어떤 날은 세상 숨 막히는 규범 가운데 신음하는, 새하얗고 시커먼 아수라백작 같은 근본을 매번 코앞에 둔 소수자의 경우는 더욱 그러하다. 무엇이든 의미를 갖게 되는 이 복잡하고 불행한 사태를 넘어, 이 한 몸 누이기 흡족할 무의미한 행복이, 근본 없는 즐거움이 바람처럼 그립다.

3

사랑과 연애에 대한 의미 과잉이야말로 사랑과 연애만으로는 감당할 수 없는 혹독한 짐이다. 그것은 사적 영역의 낭만이 쟁취해야 할 대상이 된 현대 사회에서 전염병처럼 퍼지고 있는 절망이다. 성소수자의 연애에서 그 의미 과잉은 자긍심과 선의에 기대 가일층 힘이 실린다. 커밍아웃이 가능한 성소수자 커플이라면 꼭 한 번쯤 인터뷰에 응하고 얼굴을 내비치고, 성소수자 인권과 대의에 유의미하단 믿음으로 관계의 속살을 내보이고, 이런 연애도 가능하고 또 얼마든지 바람직하다고 힘주어 말해야 하는 노역에 시달린다.

그런 연애 하나를 끝내놓고 나니, 그렇게 모든 것에 의미가 달라붙었던 것이 연애에 함정이 되었다는 뒤늦은 깨달음이 엄습한다. 그 의미들이야 물론 하나하나 중요한 것이지만, 어느새 그런 의미들이 곧 내 관계를 풍성하게 만들거나 그것 자체가 관계의 보증이 되고 있을 줄 착각해왔던 거다. 두르기에 가볍지조차 않은 그 의미들을 돌보느라 관계에서 정작 챙겨야 할 걸 못 챙겼다는 쓸쓸함이 가슴에 남는다. 상대의 마음과 표정을 세세히 살피고, 반응해야 할 것들에 온 마음을 다해 반응하는 연애의 그 모든 기본을 잊은 순간순간이 기억난다. 따지고 보면 그건 관계에 이미 주어진 의미도 근본도 없다고 여길 때에만 예리해지고 충일해지던 감각이었다.

우리만의 관계를 창안하는 연애의 과업, 특히 성소수자의 경우 세상이 미리 써놓지 않은 관계의 양식을 만들어야 하는 그 어려운 과업 가운데, 세상과 운동이 부여해온 아름다운 의미조차 때로는 '제도'일 수 있다는 걸 그때는 몰랐다. 관계의 무엇이라도 전부 의미가 있다는 얘기가 의미화의 회로 가운데 어딘가 고장 나 있음을 뜻할 수 있고, 정작 힘써야 할 구체에 힘쓰는 걸 잊게 만드는 관계의 '제도'란 그런 식으로도 작동할 수 있다는 걸 그때는 알지 못했다. 소수자의 연애에 여러 가시밭길이 있지만 관계에 붙은 명분들이 조금만 덜 거창했다면, 거기에 스스로 조금만 덜 도취되었다면 범하지 않았을 실수들이 못내 뇌리에 감긴다.

　대문 바깥의 세상을 누비다 안방으로 다시 돌아오듯이, 하루의 시작과 끝을 온전히 개인으로 살고 싶다는 생각을 한다. 바깥에서 거창한 일을 하기 때문에 소중한 것이 아니라, 그것들을 얼추 마무리 짓고 난 후에 비로소 온전한 개인이 되어 서로에게 입 맞추는 일의 소중함에 대해 생각한다. 물론 온전한 개인은 그냥 되는 것이 아니라 자칫 모두 내 잘못으로 뒤집어쓰기 쉬운 거대한 구조의 존재와 의미를 알고 아무쪼록 그것을 피해야만 도달할 수 있는 무엇이다. 문밖 세상의 권력과 위력을 침대로 끌고 오지 말라는 것은 반성폭력운동이 그간 집요하게 말해왔던 것이다. 한 사람이 온전한 개인으로 다른 한 사람과 섹슈얼리티의 자율을 향유하는 것은 참으로 험난한 과업이다.
　그러므로 범속하고 사소해지는 데에도 연습이 필요하다. 나는 내가 좀 더 가벼운 몸이었으면 싶고, 소수자에게 무의미함과 근본 없음이 그토록 도달하기 힘든 목표이기에 나는 더 강하게 욕망한다. 그리하여 앞으로 한층 가벼워질 나와, 그런 내가 만날 사람과 세상과 그곳에서 내가 해낼 일들이 조금은 기대가 된다. 진정한 의미와 근본은 내가 생각한 의미와 근본을 언제나 넘쳐흐르고, 근본의 은총이란 성령의 광휘만큼이나 그 경계가 없기 때문이다. 내가 아무리 내 딴에 의미 있고 거룩해진다 한들 결국 나는 한낱 좆 빠는 게이일 따름이고, 그 사실이 가끔은 나를 달뜨게 하던 것처럼.

4

체코의 가톨릭 사제 토마시 할리크^{Tomáš Halík}는 사회주의 정권 시절인 1978년 사제 서품을 받았고, 1989년 민주화 혁명 이전까지 지하 교회에서 활동했다. 그는 2014년 종교계의 노벨상이라 불리는 템플턴상^{Templeton Prize}을 수상하였으며, 무신론자의 영성靈性에 지대한 관심을 기울였다. 그는 저서를 통해 "우리의 진리", 즉 지금 이곳의 신앙이 가리키는 "종교적 진리"가 "어떤 의미에서는 '불완전'한" 것이며,[1] '하느님'에 대한 신앙의 감각에서 "그 주된 역할은 우리 나름의 개인적 체험들로 한정되는 인간적 태도나 접근이나 의견들을 절대화하려는 시도들에 맞서 언제나 그 반대 상태에 서는 것"이라고 주장했다.[2] 더불어 프랑스의 성녀 소화 데레사^{Thérèse de Lisieux}의 영성을 이야기하면서, 그녀의 원칙이 "하느님에 대한 사랑"을 통해 "가장 낯선 생각들이라도 받아들이는 것"이었음을 음미할 필요가 있다고 언급했다.[3]

한편 중국계 미국인 성공회 사제이자 커밍아웃한 게이인 패트릭 챙^{Patrick S. Cheng}은 2011년 퀴어 신학^{queer theology}에 대한 개론서를 출간했다. 저서를 통해 그는 '사람의 아들'을 자처한 예수 그리스도의 존재가 상호 배타적인 "신과 인간 사이의 경계선"을 지우고, 그 둘의 관계를 근본적으로 바꾸는 의미를 지닌다고 해석했다.[4] 또한 그는 과거 비어卑語로 쓰이던 것을 넘어 오늘날 새롭게 정의된 '퀴어'의 의미를 다음 세 가지로 정리했는데, 첫째는 "포괄적인 용어", 둘째는 "관습을 거스르는 행위", 마지막으로 "경계선을 지우는 것으로의 의미"가 그것이다.[5]

더불어 2006년에는 《퀴어 성서 주석》이 미국에서 출간되었고, 그중 기독교에서 구약성서로 통칭되는 히브리성서가 2021년 한국어로 번역 출간되었다. 이 책의 서문에서 로널드 롱^{Ronald Edwin Long}은 "순전히 역사적으로 결정"된 "우연한 것으로부터, 본질적이고 회복할 수 있는" 신앙을 분별하는 작업이 필요하며, "인간 삶에서 성과 성적인 욕망의 중요성을 충분히 인정할 길을 사회와 교회에 제시하는 것"이 성소수자를 둘러싼 그리스도인의 과제이자 소명일 수 있다고 강조했다.[6]

퀴어의 자손

1

종태원에 있으면서 나는 게이 형들이 대리모를 언급하는 것을 딱 한 번 들어보았다. 1억 5천만 원인가 있으면 동남아 쪽 대리모를 통해 자신의 친자를 얻을 수 있다는 이야기였다. 그 말을 꺼낸 형은 돈도 돈이거니와 무엇보다 그 여성한테 못 할 짓이겠기에 자기는 그렇게 할 생각이 없다고 말했다. 그 말을 듣고 문득 이런 생각이 들었다. 게이에게 친자식이란, 재생산이란 과연 어떤 의미인 것일까.

이태원의 파티 기획과 게이클럽 문화에 한 획을 그은 저스틴이라는 게이가 있었다. 2017년 안타깝게 유명을 달리한 그를 추모하기 위해 그의 성소수자 친구들은 이태원에서 매해 저스티나 파티를 개최하고, 파티를 통한 수익금을 성소수자 인권운동단체에 기부하고는 했다. 2019년에 열린 추모 파티는 기획 단계서부터 수익금을 서울에 위치한 한 보육원에 기탁하기로 했는데, 처음 그 소식을 들었을 때는 갸우뚱했다. 성소수자와 보육원이라니, 뭔가 얼른 매치가 안 되는 느낌이었던 것이다.

그런 내 느낌과는 별개로 고인을 비롯한 파티 기획단 사람들은 10년 전부터 이 보육원과 연고가 있었다. 봉사차 찾은 보육원에서는 돌도 지나지 않은 아기들 서넛이 우리를 반겨주었다. 저스틴이 생전에 아이들을 무척 좋아했다는 사실을 그때 전해 들었다. 이곳은 유기되거나 부모로부터 키울 의사가 없음을 전달받은 아기들을 대상으로 성년이 될 때까지 양육과 교육을 책임지는 시설이었다. 한 해에만 수백 명의 신생아들이 소위 '베이비 박스' 안에 버려진다고 했다. 누군가는 대리모를 통해서라도 갖고 싶어 하는 친자식이, 누군가에게는 한사코 남의 집 뒤뜰에 버리고 가는 존재인 셈이었다.

아마도 높은 확률로 향후 친자를 가질 가능성이 없을 게이와 레즈비언과 트랜스젠더가, 누군가의 친자였다가 그 부모로부터 떨어져 이곳에서 길러지는 아기들을 신기한 눈초리로 바라보는 광경은 장엄했다. 그때 나는 고인이 생전에 왜 그렇게 아이를 좋아했는지 알 것 같았다. 언젠가 내게서 잘려나가, 지금껏 감히 상상조차 해보지 못했던 어떤 인생의 욕망이 거기에 그렇게 존재하고 있었다. 그리고 친부모는 아니되 아이들의 양육과 교육을 위해 애쓰는 사람들과, 그곳의 복도와 계단을 대걸레로 미는 스스로를 보며 다시금 생각했다. 성소수자에게, 아니 인간에게 자식이란, 재생산이란 과연 무엇인가에 대하여.

2

2019년 봄, 그해 서울퀴어문화축제 조직위원회의 후원기업 중 한 곳이던 게이 데이팅앱 블루드Blued가 자회사가 위치한 중국에서 게이 남성을 위한 해외 원정 대리모 출산 서비스를 출시했다는 것이 뒤늦게 밝혀졌다.[1] 블루드 측은 현재는 물론이고 향후에도 한국에서 해당 사업을 진행할 계획이 없음을 밝혔고, 서울퀴어문화축제 조직위는 사측의 입장과는 별개로 해당 기업의 후원을 5월 4일 공식 중단하였다.

서울퀴어문화축제 조직위는 홈페이지에 위 사실을 공지하면서, "현재 한국 사회에서 대리모와 관련된 복잡한 맥락에 대한 논의나 담론이 본격적으로 이루어지지 않은 상태이며, 조직위가 이 사안에 대해 어떠한 합의된 입장을 마련할 수 없"음을 천명하였다.[2] 이에 인천여성의전화는 5월 15일 성명서를 통해 "대리모 사업은 자본주의와 가부장제가 결합하여 만들어낼 수 있는 가장 극단적인 여성착취 중 하나"임을 강조하고, 후원 중단과 별개로 조직위 측의 입장은 사실상 이를 인정하지 않은 미온적인 대처라며 비판하였다.[3]

한편 8월 28일 발행된 페미니스트 연구 웹진 《Fwd》 2호에는 이 사건을 다룬 기고문이 게재되었다. 이 글에 따르면 "'대리모' 사업의 현실"에는 "퀴어 남성과 가임 여성의 대립으로 설명하기 어려운 측면이 존재"하는데,[4] 일례로 실제 대리모를 '이용'하는 사람들은 이성애 정상가족 안에서의 불임, 난임부부가 다수이며, 나아가 이들이 겪는 고통만이 "입법과정에서 지속적인 배려를 받고 있"음이 지적된 바 있다.[5] 더불어 제3세계의 가난한 여성들이 "임신·출산 거래"에 내몰리는 현실에 대한 비판이 필요한 것과 동시에, 대리모 반대의 논리가 "혈연중심적 가족주의"의 강화로 이어져 그 틀 안에서 여성의 몸이 또다시 "객체화", "도구화"되지 않게끔 이 문제에 접근하는 것이 필요하고, 나아가 "'퀴어한' 가족에 대한 상상력"과 그것의 실천 또한 함께 확장될 필요가 있음이 언급되었다.[6]

3

데뷔 50년 차를 넘긴 가수 양희은은 2021년 출간한 저서에서 자신을 포함해 자식이 없는 여성 셋으로 구성된 모임에 대해 언급했다. 흔히들 "제 꿈을 접고 참고 희생하면서 아이를 낳고 길러 봐야 어른이 된다"고들 하지만, 위의 세 사람은 "성큼 어른이 되지 못한" 대신 "비교적 자기 안의 목소리를 많이 내놓고 살아간다는 공통점을 갖고 있다"고 스스로를 평했다.[7] 또한 미국의 문학평론가 리 에델만Lee Edelman은 사회와 미래를 상상할 때 으레 자식과 연관된 생식의 개념이 따라붙는데, 그럴 경우 "아이와 무관한 사람들에게는 미래가 없어지"는 결과가 초래되며,[8] 이러한 관성으로부터 벗어나 퀴어적 경험을 기반으로 "새로운 형식의 사회성"과 미래를 상상할 것을 제안했다.[9]

　한편 영화 〈헤드윅〉과 〈숏버스〉의 감독 존 카메론 미첼John Cameron Mitchell은 인터뷰를 통해, 스스로를 숨겨야 한다는 걸 알아챈 유년기의 성소수자에게 기존 세계의 은유metaphor란 자신을 억압하는 것이면서 동시에 자신을 방어하고 인권에 대한 사유를 시작하는 도구로도 활용될 수 있다고 말했다. 나아가 그는 페미니스트이자 퀴어 친화적인 가톨릭 수녀였던 이모를 떠올리면서, 가령 독신으로 사는 레즈비언들은 곧 '세상을 바꿀 사람들'이라고 언급하기도 했다.[10]

　　미국의 페미니스트 과학사학자 도나 해러웨이^{Donna J. Haraway}는 기존의 생식 중심의 가족 관념이 "자연과 문화를 잘 분간하지 못하는 타락한 정원사의 작품"과도 같다고 말했다.[11] 이에 그녀는 "부조화스러운 행위 주체들과 삶의 방식을 적당히 꿰맞출" 수 있는, "타자성"을 존중하면서도 "함께 살기 위해" 존재하는 '반려종'의 개념을 제안하고,[12] "아기 대신 친족을 만들자^{Make Kin Not Babies!}"고 주장했다.[13] 더불어 그녀 또한 수사^{rhetoric}의 기능에 주목했는데, 삶 가운데의 수사는 "예상 밖의 것을 찾아내고 음미할 수 있게 해주"며, 이것이 "이전 세대에서 물려받은 유산의 감옥을 벗어날 수 있게 해준다"고 평가했다.[14]

　　끝으로 한국의 퀴어 풍물패 '바람소리로 담근 술'은 2000년 한국에서 열린 제1회 (서울)퀴어문화축제 이후 줄곧 축하공연에 참가하였고, 2021년 현재에도 풍물패의 명맥을 이어가고 있다. 바람소리로 담근 술은 2018년 첫 번째 정기공연을 열었는데, 공연의 첫 순서는 풍물패 단원인 게이 무속인이 베푸는 황해도굿으로 기획되었다. 공연자와 관객의 경계를 무너뜨리는 마당극을 차용한 이 순서에서, 굿을 주관하는 만신^{萬神}은 긴 살풀이 끝에 퀴어들의 '자손'이 무탈하기를 바라는 축원을 올렸고, 이에 10여 명의 성소수자 관객들이 무대로 나와 축원에 동참하는 의미로 진설상^{陳設床} 앞에 엎드려 절하는 광경이 펼쳐졌다.

어떤 성소수자는 이런 고민을 하고 산다. 그러나 모든 성소수자가 이런 고민을 하고 살지는 않는다. 소수자의 말은 쉽게 그 소수자 그룹 전체의 목소리로 대표되고 오인된다. 이 책을 읽은 당신이 부디 거기에 속지 않기를 바란다. 멀리서 보면 다 같아 보이지만, 일반인들도 그렇겠듯이 가까이서 보면 성소수자들 또한 저마다 첨예하고도 참혹하게 다르다.

결국 나는 무슨 말을 하고 싶었던 걸까. 성소수자가 뭔지도 모를 이성애자부터, 성소수자라는 소리만 들어도 지긋지긋할 성소수자 당사자까지를 모두 관객으로 앉혀놓고 대체 무슨 말을 떠들고 싶었던 걸까. 마음과 자료란 때로 진실을 가장 촘촘하고 용의주도하게 가리기도 하므로, 여기서는 좀 더 진짜를 털어놓는 편이 이 책을 읽은 사람에게 조그만 선물이 되지 않을까 싶다.

성소수자 커뮤니티가 마음의 위안이 될 때도 있지만, 별반 위안이 되지 못할 때도 적지 않다. 물론 이성애 사회에 그저 던져진 것보단 낫지만, 한 사람 몫의 인생에는 서로 같은 자들끼리 모인 것만 같은 재미 외에 진실로 많은 것들이 필요하다. 그

것이 돈이든 애인이든, 위로든 친밀감이든, 시민됨이든 차별금
지법이든, 뭔가 당장 손에 잡히는 것 같은 게 결국은 필요하다.

인생이 비로소 좀 손에 잡힐 것 같던 순간이 언제였는지를
되짚어보면, 내가 사람 사이에서든 세상 사이에서든 구질구질
하지 않은 방식으로 존재하고 있다고 확실히 체감될 때였다. 너
와 내가 천박하지 않은 방식으로, 납득 가능한 형태로 서로 이
어져 있음을 확인하게 되는 때, 그때 받았던 깊은 위로를 좀처
럼 잊을 수 없다. 살면서 자주 찾아오지 않던 그 섬광 같은 느낌,
나의 앞뒤가 잠깐이라도 이해되는 것만 같던 그때의 느낌.

성소수자 안에서든 밖에서든, 나는 내가 얼마나 이해받기
어려운 사람인지 대강 안다. 그래서 살맛을 부지런히 마련해두
려고 평소에 애쓰는 편이다. 그 살맛이란 남들의 이해 안에 있
기도 하고, 이해 바깥에 있기도 하다. 그리고 그 남들이란 애초
에 시시때때로 구성되는 것이다. 나를 둘러싼 남이 주어진 운명
이 아니라 구성되고 변화한다는 바로 거기에 학술과 운동과 신
앙의 깊은 위안이 있다.

남으로 가득 찬 세상과 그 속에서의 나 모두 대체 왜 이 모
양 이 꼴로 사는지 알 수 없던 세월이 있었고 지금도 얼마간 그
렇다. 너무 잦은 오해에 시달리다 보니, 누가 보기에도 합당한
내 몸 누일 마른자리가 늘 고팠다. 그러나 마른자리는커녕 인생
은 가도 가도 진창이고, 여기서 이런 말을 떠들어도 되는지는
여전히 잘 모르겠다. 그러니 당신이 나를 이해하지 않아도 좋

다. 다만 그 이해받지 못한 자리에 천박하지 않고 구질구질하지
않은 바닥을 찾아 용케 까치발 디딘 한 사람이 있음을 기억해주
면 좋겠다.

1부. 은둔 사이의 세상

자신을 죽인다는 것은

1 〈플로리다 올랜도 게이클럽 '인질테러' 사망자 50여 명: 미국 역사상 최악의 총기난사〉, 《허핑턴포스트코리아》, 2016.6.12.

2 〈범죄학 학위→이혼→급진 이슬람…… IS에 충성한 '외로운 늑대'〉, 《서울신문》, 2016.6.13.

3 〈올랜도 총기난사범은 그 게이클럽의 '단골'이었다〉, 《허핑턴포스트코리아》, 2016.6.15.

4 〈올랜도 게이클럽 학살은 LGBT가 매일매일 겪는 위험을 다시 상기시킨다〉, 《허핑턴포스트코리아》, 2016.6.13.

5 〈美 일요일 새벽의 참극…… 클럽 춤추던 300명 향해 무차별 난사〉, 《조선일보》, 2016.6.13.

6 〈"He laughed as he shot us": Sole survivor of 30 hiding in gay club bathroom reveals how he was hit four times but escaped by climbing over friends' bodies〉, *Mail Online*, 2016.6.13.

7 〈총기난사범 전처 "전남편은 불안정한 성격의 가정폭력범"〉, 《뉴시스》, 2016.6.13.

8 〈올랜도 총기난사범의 아버지가 "신이 직접 동성애를 벌하실 것"이라고 말하다〉, 《허핑턴포스트코리아》, 2016.6.14.

9 〈올랜도 총기난사범은 그 게이클럽의 '단골'이었다〉, 《허핑턴포스트코리아》, 2016.6.15.

10 〈Omar Mateen Posted to Facebook Amid Orlando Attack, Lawmaker Says〉, *The New York Times*, 2016.6.16.

11 〈Orlando Gunman Was 'Cool and Calm' After Massacre, Police Say〉, *The New York Times*, 2016.6.13.

12 〈범인 '오마르 마틴'은 경찰 꿈꾸던 미국 이민가정의 청년…… 범행 직전 "IS에 충성"〉, 《경향신문》, 2016.6.13.

13 〈FBI, 올랜도 테러 사망자 수 49명 확인…… "테러범 포함 안 해"〉, 《뉴스1》, 2016.6.13.

14 〈美 올랜도 총기난사범, 아프간계 29세 오마르 마틴〉, 《중앙일보》, 2016.6.12.

15 행동하는성소수자인권연대 2016년 6월 13일 페이스북 게시물. https://www.facebook.com/LGBTQaction/posts/619326844898831/

16 글렌다 러셀, 〈올랜도 참사에 대응하기: LGBTQ와 지지자들에게 도움이 되는 일들〉, 행동하는성소수자인권연대 웹진 《랑》, 2016.6.16. https://lgbtpride.tistory.com/1247

17 〈커밍아웃 인터뷰 41: 차세빈, 이태원의 여신〉, 한국게이인권운동단체 친구사이 홈페이지, 2016.9.13. https://chingusai.net/xe/comingout/480677

오래된 피해

1 터울, 〈"페이드 포: 성매매를 지나온 나의 여정" 북토크 후기〉, 반성매매인권행동 이룸 홈페이지, 2019.10.18. https://e-loom.org/?p=6543

2 한국게이인권운동단체 친구사이, 《친구사이 커밍아웃 가이드》, 2007, 8쪽.

3 김상수, 〈머리말〉, 친구사이, 《이젠 더 이상 슬프지도 부끄럽지도 않다》, 장자못, 1994, 2쪽.

4 홍성수, 〈추천의 글〉, 성소수자부모모임, 《커밍아웃 스토리: 성소수자와 그 부모들의 이야기》, 한티재, 2018, 5쪽.

5 한국게이인권운동단체 친구사이, 《친구사이 커밍아웃 가이드》, 27쪽.

6 김준자, 《커밍아웃 프롬 더 클로젯: 가족 중에 동성애자가 있을 때》, 화남, 2010, 75~76쪽.

7 이 시기 한국의 게이, 레즈비언, 트랜스젠더 활동가 및 당사자의 커밍아웃에 대해서는 다음의 글을 참조. 김대현, 〈1980~90년대 게이 하위문화와 대안가족의 구성: 제도적 이성애와의 관계를 중심으로〉, 《구술사연구》 12(1), 한국구술사학회, 2021, 66~67쪽.

8 한국게이인권운동단체 친구사이, 《친구사이 커밍아웃 가이드》, 27쪽.

9 홍성수, 〈추천의 글〉, 성소수자부모모임, 《커밍아웃 스토리》, 6쪽.

10 이지하, 〈성소수자와 가족: 우리들의 커밍아웃〉, 한국성소수자연구회, 《무지개는 더 많은 빛깔을 원한다: 성소수자 혐오를 넘어 인권의 확장으로》, 창비, 2019, 156쪽.

11 에릭 마커스, 《커밍아웃: 동성애자에게 누구나 묻게 되는 300가지 질문과 대답》, 연세대학교 동성애자 인권모임 컴투게더 옮김, 박영률출판사, 2000, 70쪽.

12 더글러스 크림프, 《애도와 투쟁: 에이즈와 퀴어 정치학에 관한 에세이들》, 김수연 옮김, 현실문화, 2021, 240쪽.

13 같은 책, 246~247쪽.

14 마사 C. 누스바움, 《혐오에서 인류애로: 성적 지향과 헌법》, 강동혁 옮김, 뿌리와 이파리, 2016, 3장 참조.

15 스티븐 V. 스프링클, 《누가 무지개 깃발을 짓밟는가: 성소수자 혐오범죄에 대한 성찰》, 황용연 옮김, 알마, 2013 참조.

16 〈여장남자 호스티스 즉심에〉, 《중앙일보》, 1983.1.26, 11면.; 〈전설의 명인을 찾아서〉 인터뷰록 원본, 《선게이서울: 지보이스 스토리북 창단 17주년 특별판》, 2019.9, 77쪽.

17 김대현, 〈1950~60년대 유흥업 현장과 유흥업소 종업원에 대한 낙인〉, 《역사문제연구》 39, 역사문제연구소, 2018, 73~75쪽.; 김대현, 〈1950~60년대 '요보호'의 재구성과 '윤락여성선도사업'의 전개〉, 《사회와 역사》 129, 한국사회사학회, 2021, 45~46쪽.

18 김대현, 〈1950~60년대 한국의 여장남자: 낙인의 변화와 지속〉, 만인만색연구자네트워크 편, 《한뼘 한국사: 한국사 밖의 한국사》, 푸른역사, 2018, 141~143, 151~153쪽.

19 김대현, 〈치안유지를 넘어선 '치료'와 '복지'의 시대: 1970~80년대 보안처분제도의 운영실태를 중심으로〉, 《역사문제연구》 45, 역사문제연구소, 2021, 119쪽의 각주 99번 및 3장 2절 참조.

20 김대현, 〈1950~60년대 유흥업 현장과 유흥업소 종업원에 대한 낙인〉, 《역사문제연구》 39, 역사문제연구소, 2018, 75~78쪽.; 김대현, 〈1950~60년대 한국의 여장남자: 낙인의 변화와 지속〉, 만인만색연구자네트워크 편, 《한뼘 한국사》, 푸른역사, 2018, 144쪽.; 김대현, 〈정신의학자 한동세(韓東世)의 문화정신의학과 여성 및 비규범적 성애·성별 배제의 성격〉, 《동방학지》 183, 연세대학교 국학연구원, 2018, 294~301쪽.

21 한동세, 〈한국인의 성도착증〉, 《신경정신의학》 9(1), 대한신경정신의학회, 1970.1, 30~32쪽. 김대현, 〈정신의학자 한동세(韓東世)의 문화정신의학과 여성 및 비규범적 성애·성별 배제의 성격〉, 《동방학지》 183, 연세대학교 국학연구원, 2018, 297쪽에서 재인용.

22 김대현, 〈1980~90년대 게이 하위문화와 대안가족의 구성: 제도적 이성애와의 관계를 중심으로〉, 《구술사연구》 12(1), 한국구술사학회, 2021, 88~89쪽 참조.

23 김대현, 〈정신의학자 한동세(韓東世)의 문화정신의학과 여성 및 비규범적 성애·성별 배제의 성격〉, 《동방학지》 183, 연세대학교 국학연구원, 2018, 4장 1절 참조.

24 김대현, 〈종로3가 게이 게토의 역사와 게이 커뮤니티의 형성〉, 《선게이서울: 지보이스 스토리북 창단 17주년 특별판》, 2019, 33쪽.

25 도나 해러웨이, 〈반려자들의 대화〉, 《해러웨이 선언문》, 황희선 옮김, 책세상, 2019, 312~313쪽.

26 박미라, 〈긴급인터뷰: 포르노그라피에서 걸어나온 여자, 서갑숙〉, 《페미니스트 저널 이프》 11, 1999.12.7, 45쪽.

27 김대현, 〈1950~60년대 유흥업 현장과 유흥업소 종업원에 대한 낙인〉, 《역사문제연구》 39, 역사문제연구소, 2018, 52~53쪽 참조.

28 〈명랑만우: 다시 여성으로 성을 전환하다-여성에서 남성으로 성전환했던 김규남 군〉, 《명랑》 3(4), 신태양사, 1958.4, 73쪽.

29 박춘, 〈독점 수기: 성전환자 아내의 수기〉, 《명랑》 3(5), 신태양사, 1958.5, 138~139쪽. 위 내용은 필자의 다음 글에서 간략히 다룬 바 있다. 김대현, 〈1950~60년대 한국의 여장남자: 낙인의 변화와 지속〉, 만인만색연구자네트워크 편, 《한뼘 한국사: 한국사 밖의 한국사》, 푸른역사, 2018, 144쪽 참조.

30 이석봉, 〈로-칼뉴스: 반남반녀의 기생 '파랑새'의 비운〉, 《야담과실화》 14, 전진사, 1958.3, 243쪽. 김대현, 〈1950~60년대 유흥업 현장과 유흥업소 종업원에 대한 낙인〉, 《역사문제연구》 39, 역사문제연구소, 2018, 74~75쪽에서 재인용.

31 류승, 〈여자보다 좋았다: 어느 동성애욕자의 폭로적 고백 수기(5)〉, 《부부》 48, 미경출판사, 1965.4, 252쪽.

32 《경향신문》, 1965.7.10, 6면.; 《경향신문》, 1965.9.29, 5면. 김대현, 〈1980~90년대 게이 하위문화와 대안가족의 구성: 제도적 이성애와의 관계를 중심으로〉, 《구술사연구》 12(1), 한국구술사학회, 2021, 84쪽에서 재인용.

33 이 글은 필자가 쓴 다음의 글들에 일부 인용되었다. 〈시간 사이의 터울 #2: 50~60년대 언론에 소개된 동성애〉, 《친구사이 소식지》 52, 한국게이인권운동단체 친구사이, 2015.3. https://chingusai.net/xe/newsletter/431711 김대현, 〈'남자다움'의 안과 밖: 1950~1970년대 한국의 비규범적 성애·성별 실천과 남성성의 위치〉, 《그런 남자는 없다: 혐오사회에서 한국 남성성 질문하기》, 오월의봄, 2017, 113쪽. 더불어 이 연재와 관련된 1960년대 한국의 비규범적 성애·성별 실천의 위치와 추가 내용 인용에 대해서는 다음의 글을 참조. 김대현, 〈1980~90년대 게이 하위문화와 대안가족의 구성: 제도적 이성애와의 관계를 중심으로〉, 《구술사연구》 12(1), 한국구술사학회, 2021, 83쪽.

후레자식들

1 "그동안 숱하게 받아왔던, '게이가 서로 '년'이라고 해도 되나요?'라는 질문에 내 나름의 답을 하고자 한다. 그 게이가 남성의 입장을 넘어 스스로 여성성 수행의 당사자임을 인지하고, 게이 커뮤니티의 문화에 밴 여성성의 맥락을 알고 사용한다면 문제 될 것이 없다. 여성성은 이성애자 여성만의 전유물이 아니기 때문이다. 핵심은 퀴어가 여혐 단어를 사용하느냐 마느냐가 아니라, 퀴어 당사자가 스스로 처한 문화의 젠더·섹슈얼리티적 함의를 알고 그에 맞는 정치의식을 가지는가 그렇지 않은가에 달려 있다." 김대현, 〈게이와 페미니즘〉, 《문화/과학》 104, 문화과학사, 2020, 149쪽.

2 장수익, 〈감각과 분열증: 한강 소설 연구 1〉, 《한국현대문학연구》 58, 한국현대문학회, 2019, 422쪽.

3 한귀은, 〈외상의 (탈)역전이 서사: 한강의 《채식주의자》 연작에 관하여〉, 《배달말》 43, 배달말학회, 2008, 4쪽.

4 〈한강, 소설 '채식주의자'로 한국인 최초 맨부커상 쾌거〉, 《한겨레》, 2016.5.17.

5 〈"올해 최고 문학적 발견"…… 독일 언론 '채식주의자' 격찬〉, 《뉴스1》, 2016.8.24.

6 심진경, 〈변신하는 주체와 심리적 현실로서의 환상〉, 《세계문학비교연구》 65, 세계문학비교학회, 2018, 67쪽.

7 오은영, 〈한강의 《채식주의자》: '나'로부터의 탈출은 가능한가?〉, 《세계문학비교연구》 59, 세계문학비교학회, 2017, 10쪽.

기대하지 않음

1 박경숙, 《문제는 무기력이다》, 와이즈베리, 2013, 63~64쪽.

2 마틴 셀리그만, 《낙관성 학습》, 우문식·최호영 옮김, 물푸레, 2012, 132쪽.

3 김홍중, 〈마음의 부서짐-세월호 참사와 주권적 우울〉, 《사회와 이론》 26, 2015, 한국이론사회학회, 168~169쪽.

4 김홍중, 〈마음의 부서짐-세월호 참사와 주권적 우울〉, 앞의 책, 145쪽.

앎의 공포

1 김윤영, 《시대의 불꽃 11: 박종철》, 민주화운동기념사업회, 2004, 131쪽.

2 김정남, 〈아아, 박종철〉, 《진실, 광장에 서다: 민주화운동 30년의 역정》, 창비, 2005, 565쪽.

불가능한 게이

1 터울, 〈1990년대 말 이반업소 정보지 《보릿자루》를 통해 본 게이 커뮤니티의 형성: 기혼이반 논쟁과 섹슈얼리티 검열을 중심으로〉, 《퀴어인문잡지 삐라》 3, 노트원비트원, 2016 참조.

2 《보릿자루》 15, 2002.2.5, 51쪽.

3 〈이반패트롤: 일반 사우나 가실 분들은〉, 《보릿자루》 18, 2000.6.1, 59쪽.

4 〈당신이 모르는 다섯 개의 화장실(1)〉, 《보릿자루》 22, 2000.11.2, 24쪽.

5 〈사우나에서 생긴 일〉, 《보릿자루》 28, 2001.7.1, 93쪽.

6 〈당신이 모르는 다섯 개의 화장실(2)〉, 《보릿자루》 23, 2000.12.11, 24쪽.

7 〈사우나범죄 피해신고 요망〉, 《보릿자루》 25, 2001.2.29, 77쪽.

8 《보릿자루》 15, 2002.2.5, 51쪽.

9 〈사우나에서 생긴 일〉, 《보릿자루》 35, 2002.5.1, 47쪽.

10 〈이반패트롤: 일반 사우나 가실 분들은〉, 《보릿자루》 18, 2000.6.1, 59쪽.

공감의 한계

1 〈알고 갑시다〉, 레즈비언잡지 《또다른세상》 3, 1996, 4쪽.

2 〈다시 쓰는 사전-알고 씁시다(3)〉, 《부산경남지역동성애자동아리 같은마음》 1, 1996, 6쪽.

3 〈퀴어 속의 '퀴어'들-'바이섹슈얼'은 어떻게 이해되고 있는가?〉, 레즈비언 독립잡지 《니아까》 5, 1997, 14쪽.

4 이종국, 박성미 정리, 〈레즈비언, 이 모호한 여자들의 진실(여성지 엘르)〉, 《부산경남여성이반인권모임 안전지대 정보지》 5, 1998, 18쪽.

5 정혜등, 〈게이에서 남성으로, 여성에서 레즈비언으로〉, 레즈비언잡지 《또다른세상》 2, 1996, 6쪽.

6 이해솔, 〈한국 레즈비언 인권운동의 역사〉, 레즈비언잡지 《또다른세상》 7, 1999, 20쪽.

7 이해솔, 〈동성애 관련 용어, 개념 알기〉, 《부산경남여성이반인권모임 안전지대 정보지》 5, 1998, 55~56쪽.

8 터울, 〈퀴어문화축제의 터울을 넘나들며〉, 《퀴어페미니스트매거진 펢》 4, 언니네트워크, 2018, 97쪽.

9 〈성소수자차별반대 무지개행동 출범선언문〉(2008.5.17.), 성소수자차별반대 무지개행동 편, 《지금 우리는 미래를 만들고 있습니다: 올바른 차별금지법 제정을 위한 뜨거운 투쟁의 기록》, 사람생각, 2008, 60~61쪽. 김대현, 〈성소수자인권운동 연대체의 자리 찾기〉, 《내일을 여는 역사》 79, 내일을여는역사재단·민족문제연구소, 2020, 178쪽에서 재인용.

게토의 생식

1 〈한국에서 이반업소 운영하기〉, 《보릿자루》 9, 1999.7.1, 7~12쪽.

2부. 세상 사이의 은둔

여성스러움의 낙인

1 박갑천, 〈갈보〉, 《어원수필: 말의 고향을 찾아》, 을유문화사, 13~14쪽.

2 〈알아두어야 할 동성애 관련 용어〉, 《BUDDY》 5, 1998.6.20, 77쪽.

3 이송희일, 〈은어를 쫓는 은어의 세계: 종로 은어 사전〉, 《BUDDY》 15, 1999.5.1, 17쪽.

4 〈기록으로 본 남사당패 '꼭두쇠'에 절대권력…… 동성애 조직〉, 《한겨레신문》, 1998.8.27, 11면.

5　〈쇄국을 뚫은 지 백 년: 겨레의 애환을 엮는 특별연재 '개화백경' (19) 흥행(興行)〉, 《조선일보》, 1968.6.4, 4면.

6　김대현, 〈워커힐의 '디바'에게 무대란 어떤 곳이었을까: 1960~70년대 유흥업과 냉전시대의 성문화〉, 오혜진 기획, 《원본 없는 판타지: 페미니스트 시각으로 읽는 한국 현대문화사》, 후마니타스, 2020, 147~148쪽.

7　김대현, 〈게이와 페미니즘〉, 《문화/과학》 104, 문화과학사, 2020.12, 147~149쪽.

8　박병주, 〈위험인구 집단에서 성병 유병률 조사 연구〉, 질병관리본부, 2008, 89~90쪽.

9　〈독자가 편집자에게〉, 《BUDDY》 5, 1998.6.20, 79쪽.

10　〈LGBT 사전: 동성애와 동성연애〉, 한국게이인권운동단체 친구사이 홈페이지, 2003.12.26. http://chingusai.net/xe/term/116231

11　〈독자들의 한마디〉, 《보릿자루》 20, 2000.9.1, 82~83쪽. 터울, 〈1990년대 말 이반업소 정보지 《보릿자루》를 통해 본 게이 커뮤니티의 형성: 기혼이반 논쟁과 섹슈얼리티 검열을 중심으로〉, 《퀴어인문잡지 삐라》 3, 노트원비트원, 2016, 40~43쪽에서 재인용.

어떤 120%의 인생—故 변희수 하사를 기억하며

1　생전 변 하사의 성별 재지정 수술과 성별 정체성에 대한 군단장·여단장 등 소속 상관의 인지 내용 및 지지에 대해서는 군인권센터 사무국장의 다음 글이 참고된다. 김형남, 〈변희수는 왜 그렇게도 군을 믿었나〉, 《오마이뉴스》, 2021.3.17.

2　머브 엠리, 〈포럼: 재생산에 관하여〉, 머브 엠리 편, 《재생산에 관하여: 낳는 문제와 페미니즘》, 박우정 옮김, 마티, 2019, 40~41쪽.

3　앤드리아 롱 추, 〈답글: 극단적 임신〉, 같은 책, 86~87쪽.

4　머브 엠리, 〈답글: 재생산에 관하여〉, 같은 책, 90~91쪽.

위험취약군

1　〈에이즈 고위험군 집중 관리 정책으로 선회해야〉, 《뉴스와이어》, 2004.10.12.

2　HIV/AIDS 인권모임 나누리+, 인권단체연석회의 외 연대성명, 〈HIV 감염인/AIDS 환자의 인권 사망 선고 기자회견: 한국정부가 HIV 감염인/AIDS 환자의 인권을 죽였습니다!! 에이즈 고위험군 집중 관리 정책으로 선회해야〉, 2004.12.1.

3　〈에이즈보다 심각한 차별의 공포: HIV/AIDS 정부 관리 정책과 감염인의 인권〉, 《일다》, 2004.11.8.

4　〈담론팀 기획토론 #2: 동성애 인권운동과 HIV/AIDS〉, 《친구사이 소식지》 57, 한국게이인권운동단체 친구사이, 2015.4.1.

인생의 부작용

1 임근준, 〈한국에서 LGBT로 산다는 것: 탈식민적 L/G/(B)/T 주체의 발화와 재현의 정치학, 그리고 새로운 시대의 도래를 생각하며〉, 임근준 외, 《여섯 빛깔 무지개》, 워크룸프레스, 2015, 584쪽.

2 〈20년의 PL 커밍아웃: 러브포원 대표 광서 님 인터뷰〉, 《친구사이 소식지》 101, 한국게이인권운동단체 친구사이, 2018.11.

3 연구모임POP 페이스북 페이지. https://www.facebook.com/popqueer

4 연구모임POP 페이스북 게시물. https://www.facebook.com/popqueer/posts/415771172096036

5 켐섹스 케어 플랜. http://www.davidstuart.org/care-plan-ko

6 켐섹스 가이드북. http://chemsexsupport.kr/

7 일가는 1978년 창립되었고, 일가 아시아 지부는 2002년 설립되었다. https://www.ilgaasia.org/

어느 감염인의 이야기—故 오준수의 유고

1 윤가브리엘, 《하늘을 듣는다: 한 에이즈인권활동가의 삶과 노래》, 사람생각, 2010 참조.

2 이정식, 《시선으로 사람을 죽일 수 있다면: 김무명들이 남긴 생의 흔적》, 글항아리, 2021 참조.

3 이 소제목은 한국게이인권운동단체 친구사이의 소모임 게이 코러스 지보이스의 동명 창작곡에서 인용했다.

코로나 시대의 사랑

1 조동진의 곡 〈눈부신 세상〉의 가사에서 원용함.

2 〈문 대통령 "코로나19 대응 '심각' 단계로 올려"〉, 《한겨레》, 2020.2.23.

3 〈코로나바이러스감염증-19 행동수칙(심각 단계)〉, 질병관리청 홈페이지, 2020.2.24.

4 〈대구 사망자 19명 중 14명은 기저질환 가진 70대 '고위험군'〉, 《중앙일보》, 2020.3.3.

5 강양구, 〈코로나19, 언제쯤 잡힐까?〉, 《청년의사》, 2020.2.28.

6 인권운동사랑방 활동가 미류, 2020년 2월 22일 자 페이스북 게시물. https://www.facebook.com/miryu.au/posts/2730635040364989

7 〈논평: 시민행동에 대한 두 번째 제안〉, 시민건강연구소 홈페이지, 2020.3.2.

8 〈청도대남병원 참사에도…… 복지부 업무계획에 대책 한 줄 없다〉, 《한국일보》, 2020.3.3.

9 〈정부, 정신병원 폐쇄병동 전수조사…… 원인불명 폐렴 54명 진단검사〉, 《한스경제》, 2020.2.28.

10 목우, 〈코로나19 정신병동 사망자, 그들을 위한 진혼곡〉, 《비마이너》, 2020.2.23.

11 〈논평: 코로나19 유행에, 시민은 이렇게〉, 시민건강연구소 홈페이지, 2020.2.24.

12 최현숙, 〈코로나19, 미세먼지 '좋음'〉, 《경향신문》, 2020.2.27.

자가격리의 계보

1 김대현, 〈1950~60년대 '요보호'의 재구성과 '윤락여성선도사업'의 전개〉, 《사회와 역사》 129, 한국사회사학회, 2021.; 김대현, 〈치안유지를 넘어선 '치료'와 '복지'의 시대: 1970~80년대 보안처분제도의 운영실태를 중심으로〉, 《역사문제연구》 45, 역사문제연구소, 2021 참조.

2 이 글 중 일부는 사전 협의하에 다음의 기사에 인용되었다. 최현숙, 〈방역 당국은 섹스를 금하라〉, 《경향신문》, 2020.5.22.

3 천병철, 〈우리나라 감염병 관련 법률 및 정책의 변천과 전망〉, 《Infection and Chemotherapy》 43(6), 대한감염학회, 2011, 476~477쪽.

4 〈횡설수설〉, 《동아일보》, 1922.7.6, 3면.

5 〈콜레라 전선〉, 《동아일보》, 1963.9.23, 3면.

6 〈콜레라를 막자〉, 《동아일보》, 1963.9.23, 2면.

7 〈국회 통과 24개 법안 주요내용〉, 《동아일보》, 1993.12.1, 5면.

8 〈인권유린과 국민보건의 사이〉, 《동아일보》, 1978.3.13, 7면.

9 〈세상 이렇습니다: 이창을 통해 본 직업인의 실상 〈131〉 호스티스 (6) 6호 검진실〉, 《경향신문》, 1979.5.17, 5면.

10 〈성병 검진 업소 확대, 사우나·다방·숙박업소 등〉, 《경향신문》, 1983.11.29, 7면.

11 〈면역결핍증 미국인 주변 사람 전염 여부 역학조사〉, 《동아일보》, 1985.6.29, 6면.

12 〈공포의 AIDS…… 약 없는 죽음의 병〉, 《동아일보》, 1987.2.13, 7면.

13 〈AIDS '지정전염병' 고시〉, 《경향신문》, 1987.2.24, 11면.

14 〈AIDS 확산 방지 "주먹구구"〉, 《경향신문》, 1991.3.14, 22면.

15 〈AIDS 감염자 철저 격리보호를〉, 《동아일보》, 1994.8.2, 19면.

16 〈동아 인터뷰: 한국에이즈연맹 후원회장 김지미 씨 "에이즈 추방 이젠 사회적 과제"〉, 《동아일보》, 1994.8.9, 7면.

17 〈AIDS 환자 "격리수용은 인권침해"〉, 《경향신문》, 1987.9.15, 6면.

18 〈AIDS 관리의 난점〉, 《동아일보》, 1987.3.3, 2면.

19 〈AIDS 환자 격리수용 전문병원 신설〉, 《매일경제》, 1987.3.7, 11면.

20 〈AIDS '특별관리'에 허점투성이〉, 《경향신문》, 1991.12.14, 19면.

21 〈에이즈 재소자 정신병사 수감〉, 《한겨레신문》, 1992.5.23, 14면.

22 〈에이즈 관리 너무 소홀하다〉, 《경향신문》, 1992.4.17, 경향신문 3면.; 〈'에이즈 수혈', 대책 세워라〉, 《경향신문》, 1992.7.4, 3면.

23 〈에이즈 환자와 인권〉, 《한겨레신문》, 1997.5.22, 3면.

24 천병철, 〈우리나라 감염병 관련 법률 및 정책의 변천과 전망〉,《Infection and Chemotherapy》43(6), 480~481쪽.

음압병동의 귀신

1 이 절의 내용은 필자가 쓴 〈성소수자 커뮤니티의 감정과 경험: 그날 그 시각 그 클럽에 있었던 한 게이의 사례〉,《제12회 성소수자 인권포럼: 인권을 켜다, 평등을 켜다》, 2020.8.22/9.9, 28~29쪽의 글을 전재하였다.

2 코로나19 성소수자 긴급 대책본부, 〈수다회 녹취록(2020.7.24.)〉,《코로나19 성소수자 긴급대책본부 활동백서》, 2020.12, 257~258쪽.

3 〈신규확진 1097명, 역대 최다…… "서울동부구치소 180명대 무더기"〉,《뉴스1》, 2020.12.20.

4 〈코로나19 확진자 800명 발생한 동부구치소…… 정부 대책은?〉,《BBC NEWS 코리아》, 2020.12.30.

5 MBC, "폭주하는 동부구치소…… 762명 확진에 1명 사망", 〈MBC 뉴스데스크〉, 2020.12.29.

6 연합뉴스, "동부구치소 확진 수용자 청송 이감 '작전'…… 주민 일부 반발", 〈연합뉴스TV〉, 2020.12.28.

7 〈4일 만에 확진자 58명 증가, 코호트 격리 장애인 시설에 재앙〉,《오마이뉴스》, 2020.12.30.

8 〈서울시청 앞 45개 텐트, '집단감염' 신아원 긴급 탈시설을 촉구하다〉,《비마이너》, 2020.12.29.

9 〈Mortality associated with COVID-19 outbreaks in care homes: early international evidence〉, 국제장기돌봄정책네트워크 홈페이지, 2020.10.14. https://ltccovid.org/2020/04/12/mortality-associated-with-covid-19-outbreaks-in-care-homes-early-international-evidence/

명월관의 기생들은 어디로 갔을까

1 〈명월관 기념〉,《대한매일신보》, 1908.9.18, 2면.

2 〈상점평판기: 조선요리점의 시조 명월관〉,《매일신보》, 1912.12.18, 3면.

3 〈김은신의 '이것이 한국 최초' (17) 야사의 산실 원조 '명월관'〉,《경향신문》, 1996.6.1, 33면.

4 〈명월관이 소실됨〉,《매일신보》, 1919.5.24, 3면.

5 〈이전 及 대확장 급고〉,《매일신보》, 1921.5.3, 1면.

6 〈강원 소리의 요람 민요연구원 개원〉,《중앙일보》, 1999.10.29, 27면.

7 서울역사박물관,《서울의 문화발전소 홍대앞》, 서울책방, 2018, 95~96쪽.

8 〈그곳: 홍대 앞 클럽 '스카'〉,《경향신문》, 2003.5.21.

9 〈명월관을 위한 변명〉,《매일경제》, 2017.12.29.

10 안영라, 〈문화적 텍스트로서의 클럽문화: 홍대 클럽문화의 텍스트적 구조와 문화적 실천성〉, 《영상문화》 14, 한국영상문화학회, 2009, 287~288쪽.

11 1999년 3월 「식품위생법」 개정을 통해 홍대 클럽들 중 '라이브클럽'에 한해 전면 합법화가 성사되었다. 서울역사박물관, 《서울의 문화발전소 홍대앞》, 237쪽. 홍대의 '라이브클럽'과 '댄스클럽'의 구분에 대해서는 다음의 글을 참조. 이무용, 《지역발전의 새로운 패러다임, 장소마케팅 전략: 홍대지역 클럽문화 장소마케팅의 문화정치》, 논형, 2005, 175~207쪽.

12 〈법원, "일반음식점에선 춤추는 무대 만들면 안 돼"〉, 《연합뉴스》, 2019.4.21.

13 이정노, 〈일제강점기 서울지역 기생의 요리점 활동과 춤 연행 양성 연구〉, 《한국문화연구》 29, 이화여대 한국문화연구원, 2015, 114쪽.

14 박정미, 《한국 성매매 정책에 관한 연구: '묵인-관리 체제'의 변동과 성판매 여성의 역사적 구성, 1945~2005년》, 서울대 사회학과 박사학위논문, 2011, 80~88쪽.

15 신설된 「식품위생법 시행규칙」 별표 17의 6조 타항 7의 전문은 다음과 같다. "타. 허가를 받거나 신고한 영업 외의 다른 영업시설을 설치하거나 다음에 해당하는 영업행위를 하여서는 아니 된다. 〔……〕 7) 휴게음식점영업자·일반음식점영업자가 음향시설을 갖추고 손님이 춤을 추는 것을 허용하는 행위. 다만, 특별자치도·시·군·구의 조례로 별도의 안전기준, 시간 등을 정하여 별도의 춤을 추는 공간이 아닌 객석에서 춤을 추는 것을 허용하는 경우는 제외한다."

16 「서울특별시 마포구 객석에서 춤을 추는 행위가 허용되는 일반음식점의 운영에 관한 조례」(조례 제1033호, 2015.12.31. 제정, 2016.2.19. 시행)

17 〈여태껏 몰랐나…… 불법 '클럽 음식점' 강남 이태원만 35곳〉, 《뉴스래빗》, 2019.3.19.

18 〈제200회 서울특별시마포구의회(2차정례회) 복지도시위원회 회의록〉(2015.11.30.) 중 마포구 위생과장 반경호의 발언 참조.

19 안재석, 〈개정 식품위생법 시행규칙 문제 있다〉, 《법률신문》, 2015.10.22.

20 〈"어렵게 만든 클럽문화"…… 클럽서 죄지은 기분〉, 《이데일리》, 2019.3.26.

21 김대현, 〈워커힐의 '디바'에게 무대란 어떤 곳이었을까: 1960~70년대 유흥업과 냉전시대의 성문화〉, 오혜진 기획, 《원본 없는 판타지: 페미니스트 시각으로 읽는 한국 현대문화사》, 후마니타스, 2020, 141쪽.

22 〈야간영업을 허용〉, 《조선일보》, 1962.4.21, 3면.

23 〈사설: 국제관광객 유치의 선결 조건〉, 《동아일보》, 1962.3.22, 1면.

24 〈'달라'를 부르는 '환락의 궁전' 워커·힐〉, 《동아일보》, 1963.4.8, 3면.

25 〈이 강산 좋을시고: '워커힐'에 '베트콩' 있다-그러나 안심하셔요 그것은 유격창녀군〉, 《선데이서울》 5, 서울신문사, 1968.10.20, 56쪽.

26 이 미군 대상 '위안부'의 명칭은 1977년까지 한국의 법령에 존속했다. 박정미, 《한국 성매매 정책에 관한 연구: '묵인-관리 체제'의 변동과 성판매 여성의 역사적 구성》, 서울대학교 사회학과 박사학위논문, 2011, 99~105, 130~146, 214~215쪽.

27 〈미병이 위안부 살해 방화〉,《조선일보》, 1968.2.29, 3면.

28 〈클럽서 음주외출〉,《동아일보》, 1968.3.4, 3면.;〈물증 없는 진범 심증〉,《동아일보》, 1968.3.5, 7면.

29 〈뉴저지호 미군들 종업원 집단폭행〉,《중앙일보》, 1988.8.5, 종합 11면.

30 〈관광특구 심야영업 허용키로〉,《한겨레신문》, 1993.8.23, 15면.

31 KBS, "관광특구 안에서 유흥업소 24시간 영업 가능", 〈KBS 9시 뉴스〉, 1994.8.27.

32 〈이태원 관광특구 전문업소 36곳〉,《여행신문》, 1997.10.3.

33 〈이건 이렇게: 심야영업 제한 폐지〉,《경향신문》, 1998.9.24, 7면.

34 〈주한미군 평택 시대 1년: ① 제2의 이태원 가물가물…… 특수 실종〉,《한국경제》, 2019.9.8.

35 클럽 MWG Seoul 페이스북 페이지 게시물, 2020.9.1. https://www.facebook.com/clubMWG/photos/a.1054916754595535/3383380975082423/

36 〈명절에 원 없이 춤추던 곳, 명월관이 폐업합니다〉,《오마이뉴스》, 2020.9.29.

37 〈'X세대의 성지'도 코로나에…… 최장수 홍대 클럽 폐업〉,《JTBC 뉴스》, 2020.9.8.

38 〈할로윈데이, 클럽 방역수칙 위반 시 '원스트라이크 아웃'〉,《매경헬스》, 2020.10.29.

3부. 다른 세상의 꿈

문빠 게이의 자긍심

1 〈문재인 "동성애 합법화 반대, 차별은 안 돼"……TV토론〉,《연합뉴스》, 2017.4.26.

2 〈성소수자, 문재인 동성애 발언에 기습 항의 '무지개 깃발'〉,《서울신문》, 2017.4.26.

3 〈성소수자 인권활동가 석방 촉구 촛불문화제〉,《친구사이 소식지》 82, 한국게이인권운동단체 친구사이, 2017.4.28.

4 당시의 글들은 친구사이 홈페이지의 다음 게시판을 통해 열람 가능하다. https://chingusai.net/xe/index.php?mid=freeboard&page=42

5 〈故 육우당 13주기 추모 캠페인 및 문화제〉, 행동하는성소수자인권연대 웹진《랑》, 2016.4.29. https://lgbtpride.tistory.com/1210

6 이 시는 게시물 특성상 저작권자에게 인용에 대한 허락을 구하지 못했다. 저작권

자 본인이거나, 저작권자의 연락처를 아는 분이라면 출판사 대표메일로 연락해주시길 부탁드린다. [편집자 주]

이성애의 배신

1 KBS, 〈KBS 파노라마: 실태보고, 한국인의 고독사〉, 2014.5.22.

사회성의 피안

1 리사 두건, 《평등의 몰락: 신자유주의는 어떻게 차별과 배제를 정당화하는가》, 한우리·홍보람 옮김, 현실문화, 2017(2003), 118~119쪽.
2 같은 책, 130쪽.
3 같은 책, 144쪽.
4 같은 책, 146쪽.
5 같은 책, 149쪽.
6 같은 책, 123쪽.
7 같은 책, 136쪽.
8 석, 〈"네 자신의 혈액마저 너를 배신하는 시대에": 뮤지컬 〈Rent〉의 세계〉, 《친구사이 소식지》 90, 한국게이인권운동단체 친구사이, 2017.12.
9 앤서니 랩 영문 위키. https://en.wikipedia.org/wiki/Anthony_Rapp
10 〈Kevin Spacey: Old Vic reveals 20 staff allegations against him〉, *BBC NEWS*, 2017.11.16.

오염된 슬픔

1 남성동성애자인권운동모임 친구사이, 《오준수를 추모함》, 2000, 1쪽.
2 같은 책, 11쪽.
3 〈HIV 감염인 故 오준수 님이 남긴 흔적과 흔적-없음: 이강승 작가 전시, 'Garden'〉, 《허핑턴포스트코리아》, 2018.12.20.

사적인 영역에 도달하기까지—수전 팔루디, 《다크룸》

1 수전 팔루디, 《다크룸: 영원한 이방인, 내 아버지의 닫힌 문 앞에서》, 손희정 옮김, 아르테, 2020, 388쪽.
2 같은 책, 402·561쪽.
3 같은 책, 471~487쪽.
4 같은 책, 220~223쪽.
5 같은 책, 246쪽.
6 같은 책, 538쪽.
7 같은 책, 605쪽.

8　같은 책, 622쪽.

9　같은 책, 311쪽.

10　같은 책, 375쪽.

11　같은 책, 583쪽.

12　손희정, 〈옮긴이의 글: 팔루디 연작과 '진부한 정상성'의 교란자들〉, 앞의 책, 636쪽.

13　박명림, 《역사와 지식과 사회: 한국전쟁 이해와 한국사회》, 나남, 2011, 30쪽. 그가 인용한 브레히트(Bertolt Brecht)의 원문은 다음과 같다. "학문의 유일한 목표는 인간 현존의 노고를 덜어주는 데에 있다."

14　수전 팔루디, 《다크룸》, 손희정 옮김, 621쪽.

15　같은 책, 283쪽.

16　손희정, 〈옮긴이의 글: 팔루디 연작과 '진부한 정상성'의 교란자들〉, 앞의 책, 636쪽.

강제적 동성애

1　빈진향, 〈어느날 남편이 말했다, 나를 사랑하지 않는다고〉, 《베이비트리》, 2013.11.25. http://babytree.hani.co.kr/136787

2　배수아, 《북쪽거실》, 문학과지성사, 2009, 68쪽.

3　김경욱, 《천년의 왕국》, 문학과지성사, 2007, 336쪽.

4　이장욱, 〈근하신년〉, 《정오의 희망곡》, 문학과지성사, 2006, 23쪽.

5　정찬, 《로뎀나무 아래서》, 문학과지성사, 1999, 238~239쪽.

6　박이문, 《철학의 여백》, 문학과지성사, 1997, 108쪽.

7　〈철학자 박이문 "인생의 답 찾아 평생 헤맸지만 결국 답이 없다는 답을 얻었다"〉, 《동아일보》, 2014.7.14.

슬픔 너머의 세상

1　레이첼 모랜, 《페이드 포: 성매매를 지나온 나의 여정》, 안서진 옮김, 안홍사, 2019, 217~231쪽.

2　같은 책, 365쪽.

근본 없는 즐거움

1　토마시 할리크, 《하느님을 기다리는 시간: 자캐오에게 말을 건네다》, 최문희 옮김, 분도출판사, 2016, 14~15쪽.

2　같은 책, 105쪽.

3　같은 책, 51쪽.

4　패트릭 S. 쳉, 《급진적인 사랑: 퀴어신학 개론》, 임유경·강주원 옮김, 무지개신학연구소, 2019, 133~134쪽.

5　같은 책, 26~27쪽.

6 로널드 롱, 〈서론: 성서에 근거한 동성애자 공격을 무장해제시키기〉, 데린 게스트·로버트 고스·모나 웨스트·토마스 보해치 엮음, 《퀴어 성서 주석: 1. 히브리성서》, 퀴어 성서 주석 번역출판위원회 옮김, 무지개신학연구소, 2021, 54~55쪽.

퀴어의 자손

1 〈퀴어축제 조직위는 왜 동성애 데이팅앱 후원계약을 해지했을까?〉, 《BBC News 코리아》, 2019.5.21.

2 서울퀴어문화축제 조직위원회, 〈2019 제20회 서울퀴어문화축제 후원기업 블루드(Blued) 관련 공지〉, 2019.5.4. https://sqcf.org/notice/?q=YToyOntzOjEyOiJrZXl3b3JkX3R5cGUiO3M6MzoiYWxsIjtzOjQ6InBhZ2UiO2k6k6Nzt9&bmode=view&idx=3644779&t=board

3 인천여성의전화, 〈성명서: '대리모'는 인권침해이며 여성착취입니다〉, 2019.5.15. https://www.facebook.com/IWHL1993/posts/1256993921125630

4 상상, 〈'대리모'를 여성주의적으로 사유하기〉, 페미니스트 연구 웹진 《Fwd》 2, 2019.8.28. https://fwdfeminist.com/2019/08/28/vol-2-7/

5 백영경, 〈대리모: 누가 왜 문제삼는가? 대리모 논의의 선정주의를 넘어서〉, 《프랑켄슈타인의 일상: 생명공학시대의 건강과 의료》, 백영경·박연규 엮음, 도서출판 밈, 2008. 상상, 〈'대리모'를 여성주의적으로 사유하기〉, 페미니스트 연구 웹진 《Fwd》 2에서 재인용.

6 상상, 〈'대리모'를 여성주의적으로 사유하기〉, 페미니스트 연구 웹진 《Fwd》 2.

7 양희은, 《그러라 그래》, 김영사, 2021, 29쪽.

8 전혜은, 《퀴어 이론 산책하기》, 여이연, 2021, 417쪽.

9 같은 책, 412~426쪽.

10 〈John Cameron Mitchell and 'Hedwig,' Against the Binarchy〉, *American Theatre*, 2019.6.24.

11 도나 해러웨이, 《해러웨이 선언문》, 황희선 옮김, 책세상, 2019, 126쪽.

12 같은 책, 125쪽.

13 같은 책, 277쪽.

14 같은 책, 158쪽.

세상과 은둔 사이

초판 1쇄 펴낸날   2021년 9월 7일
지은이   김대현
펴낸이   박재영
편집   이정신·임세현·한의영
디자인   조히늘
제작   제이오
펴낸곳   도서출판 오월의봄
주소   경기도 파주시 회동길 363-15 201호
등록   제406-2010-000111호
전화   070-7704-5240
팩스   0505-300-0518
이메일   maybook05@naver.com
트위터   @oohbom
블로그   blog.naver.com/maybook05
페이스북   facebook.com/maybook05
인스타그램   instagram.com/maybooks_05

ISBN   979-11-90422-86-4   03810

만든 사람들
책임편집   한의영
디자인   조히늘